Lanzetta: Die Sehnsucht des Cattivotenente

Peppe Lanzetta

Die Sehnsucht des Cattivotenente

Ein Roman aus Neapel

Aus dem Italienischen von
Kurt Lanthaler

Haymon

*Gewidmet der Erinnerung an meinen Vater,
Sohn der Quartieri Spagnoli*

Für A.

Die Originalausgabe dieses Romans erschien unter dem Titel
Troppico di Napoli bei
© Giangiacomo Feltrinelli Editore, Milano 2000

© der deutschen Ausgabe
Haymon-Verlag, Innsbruck 2003
www.haymonverlag.at

Satz: Haymon
Druck und Bindung: Wiener Verlag, Himberg bei Wien

Bibliografische Information:
Die Deutsche Bibliothek verzeichnet diese Publikation in der
Deutschen Nationalbibliografie; detaillierte bibliografische Daten
sind im Internet über http://dnb.ddb.de abrufbar.

ISBN 3-85218-415-0

*Die Tränen,
die ihr aus unseren Augen
treten seht, haltet sie nie
für Zeichen der Verzweiflung.
Sie sind nur ein Versprechen,
ein Versprechen des Kampfes.*

Alexandros Panagulis

1

»Bring mir den Wisch!«

»Und woher, verdammt, soll ich ihn nehmen?«

»Besorg dir das Stück Papier, und ich sorge dafür, daß das Geschäft noch einmal verlängert wird. Aber nur, weil du es bist...«

»Ciro, hör mal, ich will dich bezahlen und dann aus der Geschichte aussteigen... Ich schaffe das nicht mehr, dieses ewige Hinterherhetzen und Herumschieben und Verlängern.«

»Schon gut. Aber du mußt mir noch einen Scheck bringen. Ich habe sie nicht mehr, das weißt du, ich habe sie weitergegeben, die Schecks, ich habe sogar ein paar Telefonate geführt und versucht, deinen Scheck zurückzubekommen, aber da war nichts zu machen. Gleich versuche ich's zum letzten Mal, ruf mich um drei an.«

Carmine Santojanni, den man den Cattivotenente nannte, legte den Hörer auf und beschloß, daß er um drei nicht wieder anrufen würde.

Er wußte, daß ihn der Wucherer belog, daß der Scheck noch bei ihm lag und daß er ihn auch nicht aufhalten würde. Der Scheck würde pünktlich zur Bank gehen, und der Rest war dann das Problem des Cattivotenente, also seines. Entweder er trieb das Geld irgendwo auf, um zu verhindern, daß der Scheck platzen würde, oder er versuchte, beim Wucherer mit einem neuen Scheck anzukommen und darauf wieder brav Zinsen zu zahlen...

Er war es müde geworden, dem Durcheinander immer hinterherzulaufen, er war erledigt; bei all diesem Daeinlochstopfen und Dorteinlochstopfen blieb ihm längst keine Zeit mehr, sich um seine ureigensten Dinge zu kümmern oder zu arbeiten.

Um drei warf er einen Blick auf das Telefon, machte aber keine Anstalten, die verdammte Nummer zu wählen.

Er wollte nicht mehr am Arsch genommen werden.

Dabei belog er sich selbst; er wußte, daß dieses Zeitgeschinde nur eine große Lüge war, ein Verschieben, ein Alibi, um wer weiß welche Angst zu verstecken oder auf Weißgottwas zu warten.

Er beschloß, daß er nie mehr zu einem Wucherer gehen würde, und wenn er noch zehn oder hundert Schecks zu Verfügung gehabt hätte.

Zur gleichen Zeit, in einem anderen Teil der Stadt, im Vasto, nahe der Gegend, die man *ferrovia*, Kasbah und die Hurentochter Napolis nennt, im heruntergekommenen Büro eines anderen Wucherers, war eine selbsternannte Rechtsanwältin, die eigentlich nichts als eine Betrügerin aus der Provinz war, gerade dabei, den alten Wucherer, der längst schon unter Bluthochdruck und anderen Wehwehchen litt, langsam aber sicher einzuwickeln.

Zungenfertig hatte sie dem Alten versprochen, einige seiner Probleme rechtlicher Natur zu lösen, hatte mare e monti versprochen, alles und das Gegenteil davon, aus ungeklärten Fragen waren plötzlich Kleinigkeiten geworden, und zu alledem hatte sie mit ihren gar nicht vorhandenen Verbindungen zum Gericht, zur Prätur und sogar zum Rechnungshof in Rom geprahlt.

Sie redete und redete, die falsche Rechtsanwältin. Vielleicht hatte sie irgendwann einmal dem Alten wirklich auch einen kleinen Gefallen getan, um dann abzuwarten, wann sie ihm den Schlag versetzen könne, der sein Ende bedeuten würde; natürlich war er längst schon am Ende und leicht verkalkt, man zog ihn inzwischen regelmäßig über den Tisch, obwohl er seit dreißig Jahren mitten im Dschungel der *ferrovia* lebte.

Das ebenerdige Büro stank ekelerregend, auf dem Schaufenster stand Trasporti, obwohl hier nie etwas transportiert wurde. Es war die Endstation desjenigen Teils der Menschheit, der es nicht geschafft hatte, der längst untergegangen war oder auf sein Verschwinden wartete, sich auf den baldigen Tod vorbereitete. Hier verbrachten der Alte und die selbsternannte Rechtsanwältin den Tag damit, von Geld und Zinsen und Wucher und Banken, vergangen Jahren und Schmerzen und Wehwehchen zu reden.

Inzwischen begnügte sich der Alte längst mit kleinen Transaktionen, nahm zehn Prozent im Monat, und es war offensichtlich, daß er seinen Arsch nie mehr in die Höhe bringen würde.

»Vor Jahren habe ich bis zu achthundert Millionen auf der Bank gehabt«, sagte er immer wieder, »aber die Zeiten haben sich geändert, es ist alles schlimmer geworden... Ich hatte immer eine Leidenschaft für Pferde..., Pferde und Frauen. Sie haben alles aufgefressen.«

Carmine Santojanni stand in der Filiale der Bank gleich ums Eck. Inzwischen war es vier Uhr geworden an diesem Tag, von dem er sich wünschte, er wäre nie gekommen: der 29. Mai. Der Tag, an dem sein Kredit von zwanzig Millionen Lire fällig war. Der Zahltag.

Er wußte das seit mindestens vier Monaten. Es gab da einen Bankangestellten, der von sich behauptete, sein Freund zu sein und dem er sein Wort gegeben hatte, daß er am 29. Mai mit dem Geld in die Bank kommen würde. In diesen vier Monaten hatte er sich umgetan, hatte sich förmlich zerrissen, hatte in jeder Art und Weise versucht, sein Versprechen einzuhalten.

Und dann hatten unvorhersehbare, unerklärbare Ereignisse seinen Hindernislauf gebremst, ihm die Luft abgedreht, ihn niedergeschlagen, hatten alles daran gesetzt, ihn zur Aufgabe zu zwingen.

Aber er war der Cattivotenente, und ein Cattivotenente würde sich nie ergeben.

Immer noch und immer wieder hatte er die Bilder dieses Films vor Augen, der ihn erschüttert berauscht berührt aufgebaut in Ekstase versetzt hatte. Großer Regisseur Abel Ferrara und übergroßer Schauspieler Harvey Keitel.

Aber in dem Film hatte der *Bad Lieutenant*, der *cattivo tenente*, der alles auf die Dodgers und auf Strawberry gesetzt hatte, am Ende aufgeben müssen, weil die Dodgers das Finale, das siebte Spiel verloren und er die hundertzwanzigtausend Dollar nicht hatte, die er wegen der verlorenen Wette eigentlich brauchte.

Mitten in New York wurde er kaltgemacht, aus einem vorbeirasenden Auto heraus, mit ein paar Revolverschüssen, die das Leben eines üblen Leutnants der New Yorker Polizei zerrissen, der sich längst dem Alkohol und der Droge ergeben hatte.

Carmine Santojanni hatte an diesem Nachmittag die zwanzig Millionen nicht und außerdem hatte er keine Lust mehr, auf Zeit zu spielen. Eigentlich hatte er in die Bank gehen wollen, um die Karten auf den Tisch zu schmeißen und seine große Ehrlichkeit zu beweisen, und selbstverständlich seine unzweifelhaft gute Absicht und seinen ernsten Willen, Wort zu halten. Aber er hatte es nicht geschafft. Ein Freund hatte ihm das Geld für den Abend des 28. versprochen. Aber der Freund ließ sich verleugnen, und das Geld war nicht da, und also los, Cattivotenente, dachte er, geh los und laß dich besudeln, geh und laß dich von den Bankangestellten demütigen, die schon warten werden, vielleicht auch schon längst überzeugt davon, daß du es nie und nimmer schaffen wirst. Und er ging.

Es war kurz nach vier an diesem sonnigen Nachmittag des 29. Mai, noch lange nicht zu spät, um geschlachtet zu werden, gequält zu werden von einem Bankdirektorentölpel, der mit Unterlagen herumhantierte, die ganz deutlich nur eines besagten: Wir wollen dein Geld.

Carmine konnte nicht sprechen. Die Worte blieben ihm im Hals stecken.

Sein sogenannter Freund in der Bank schwieg. Rauchte. Sagte nichts. Er kannte Carmines Lage. Der neue Direktor aber nicht, und auch wenn er sie gekannt hätte, wäre es ihm scheißegal gewesen; das konnte man seinem Gesicht ablesen, dem Toupet, dem üblen Geruch und dem Fett, das auf seiner Stirn glänzte. Er war ein Bürokrat des Geldes, strafversetzt in diese Filiale am nördlichen Stadtrand. Er mußte sein Gesicht wahren. Es machte ihm auch nichts aus, daß er Carmine Santojanni gegenüber laut werden mußte, und er tat es, beinahe bedrohlich.

»Hören Sie, Santojanni, wissen Sie, daß Sie bei der *Centrale dei rischi*, der Kreditsicherung also, als unzuverlässiges Subjekt geführt werden?«

Carmine drohte damit, sich aus dem vierten Stock zu stürzen, soviel konnte er garantieren, genauer gesagt war es das einzige, was er mit Sicherheit garantieren konnte, als der widerlich fettige Direktor ihn fragte: »Unterm Strich, welche Beschäftigungsaussichten haben Sie? Was können Sie uns garantieren?«

»Ich gebe euch mein Leben im Tausch für die zwanzig Millionen, reicht euch das? So wahrt ihr das Gesicht und rettet euren Arsch, wie wär's damit, ha?« Und dann sagte er: »Schon gut, schon gut«, den Blick voller Zorn, stinksauer, fast verrückt vor Wut, während der sogenannte Freund den Kopf senkte und der Widerliche ihm »definitiv unaufschiebbare« weitere dreißig Tage Zeit gab.

Dreißig Tage, um zwanzig scheißbeschissene Millionen aufzutreiben, um sie dem Hurensohn ins Gesicht zu schleudern.

»Das hätte ich gern schriftlich«, sagte Carmine Santojanni wütend, dann ging er und sein Rasierwasser blieb im Raum hängen, wie um den Schweißgeruch der anderen beiden zu unterstreichen.

Und vor sich hin wiederholte er: »Ich ein unzuverlässiges Subjekt?«

»Don Antonio«, sagte Carmine am Telefon zu dem alten Wucherer der *ferrovia*, »Don Antonio, der Scheck ist problemlos eingelöst worden.«

Er kannte den Wucherer seit mehr als zehn Jahren. Der Alte war wie ein Vater zu ihm und versuchte, mit guten Ratschlägen auszuhelfen. Wenn Carmine ihn allerdings darum bat, einen Scheck zu Geld zu machen, verlangte der Alte trotzdem Zinsen.

Statt der üblichen zehn Prozent im Monat nahm er sieben. Als kleines Entgegenkommen.

Es war darum gegangen, einen Scheck in Ordnung zu bringen, der schon länger in Umlauf war, auf Carmines Konto lautete und bei der ersten Einreichung nicht gedeckt gewesen war.

Der Scheck war vor einem Monat einschließlich der Zinsen auf dreimillionenzweihundertzehntausend Lire ausgestellt worden, auf den Namen der Rechtsanwältin, die ihm dafür drei Millionen in bar gegeben hatte. Don Antonio war nämlich kurzzeitig »wegen eigener Geschichten« selbst etwas »eng dran« gewesen und hatte ihm »den Gefallen« nicht tun können.

Carmine lag viel daran, sein Gesicht zu wahren und zugleich nicht schuld daran zu sein, daß der Alte schlechte Figur machte. Deswegen hatte er, bevor der Scheck fällig gewesen war, darum gebeten, ihn nicht einzureichen.

Aber inzwischen war der Scheck in der Welt, und deswegen hatte Don Antonio die falsche Rechtsanwältin darum bitten müssen, sich den Scheck von ihrer Bank wieder zurückgeben zu lassen.

Im Tausch gab er ihr dafür einen neuen Scheck. Gezeichnet: Carmine Santojanni.

Sie hatte den Scheck genommen und war verschwunden. Ließ den Cattivotenente und den alten Wucherer in ihrem Chaos zurück, und tatsächlich waren es dann die beiden gewesen, die die Sache zurechtbiegen mußten, um zu verhindern, daß der Cattivotenente nicht in ärgste Schwierigkeiten geriet

Die Sache war schließlich ins reine gekommen; aber Carmine hatte sich geschworen, daß diese falsche Dingsda dafür zahlen würde, früher oder später. Erstens, weil er ihr geglaubt hatte, und zweitens, weil er nicht am Arsch genommen werden wollte von so einer Hurentochter. Er hatte sie eines Tages im Auto mitgenommen, und sie hatte, ganz wie eine alte Freundin, zu ihm gesagt: »Mach dir keine Sorgen, du wirst auch wieder lachen können, die Dinge renken sich schon noch ein… Der Direktor, dem ich dich vorstellen will, ist ein großes Kaliber, einer, bei dem es reicht, daß er den Telefonhörer aufnimmt, und schon zittern alle. Mach dir keine Sorgen und vertrau mir.«

Der Cattivotenente hatte es gar nicht glauben wollen, daß eine fremde Person ihm aus reiner Menschlichkeit helfen wollte, ehrlich, aufrichtig, ohne Hintergedanken.

Und gleichzeitig hätte man ihm in dem Augenblick vom Christkind erzählen können und er hätte ans Christkind geglaubt, so groß war sein Bedürfnis, in irgendetwas und an irgendwen zu glauben.

Stattdessen hatte sie nur krampfhaft versucht, ihn reinzulegen, ihn einzuwickeln.

So nicht. So etwas konnte Carmine nicht einfach hinunterschlucken.

Vielleicht doch, wäre sie still geblieben. Aber ihn so unverschämt am Arsch zu nehmen, das war zu viel, auch für einen Cattivotenente, der die Verzweiflung längst begreifen konnte, die an der *ferrovia* Napolis herrschte. Hier tötete man für ein paar Lire, man beschiß für noch weniger, ein einziger Zettel aus einem Scheckheft konnte Überleben bedeuten, und der eine Tag, den die Bank länger stillhielt, war so viel wert wie die Dialyse für einen Nierenkranken.

Er dachte an die Frau, die unter der heißen Sonne dieser ersten Junitage zu überleben versuchte, mitten im Labyrinth der Kasbah Napolis. Eine Frau. Mitten unter Wölfen. Wobei zur Zeit sie diejenige war, die den Wölfen ans Fell ging. Zur Zeit. Der Rest würde sich noch zeigen.

2

Der schwule Friseur von Pomigliano d'Arco hatte wasserstoffblondiertes Haar, siebenundzwanzig verlorene Jahre auf dem Buckel und einen Körper, der Naomi Campbell vor Neid hätte erblassen lassen. Und außerdem zog er sich ebenso exzentrisch wie originell an. Er hieß Willy und war der unumstrittene Anführer der ragazzi von der Birreria *No woman no cry*.

Verlorenes Pomigliano, dessen Luft noch immer nach dem alten, längst geschlossenen Alfasud-Werk roch. Rundherum nichts, und im Winter die Feuchtigkeit, die auf die Autos herabsank und in die Wohnungen einsickerte, »Los, mach den Ofen an...«, und Natalie Imbruglia sang von dem Amerika, das sie durch die Linsen ihrer Phantasie sahen... Sie liebten die Musik der *Nirvana*. Und ihr Lieblingsstück war *The man who sold the world*.

Er zog sich LSD und Kokain rein, wenn er ins *Pinkpanther* ging, um zu tanzen, oder ins *Pascha* von Castoria, noch so ein Vorort, und schon wieder zerbrochene Träume.

Willy zog sich alles rein, Träume und Pillen, und nach Hause kam er erst in der Morgendämmerung, um sich aufs Bett zu schmeißen und nichts mehr von dem Elend sehen zu müssen, das ihn umgab. Nur das Poster der *REM* über dem Bett. Seine Freunde waren ihm Schutz und Stütze, sie hatten dieselben Gewohnheiten, sapphische Küsse, schwule Räusche, ein ewiges Gezüngle und Gegreife, und vergifteter Sex, und als Willy vor einem Jahr aus Amsterdam zurückgekommen war, erzählte er, daß das seine Stadt werden würde, tod oder lebendig...

Daß er dort das tun können würde, was er wollte. Aber in seinen traurigen Augen hatte man bereits lesen können, daß Amsterdam in Amsterdam und er auf der Landstraße von Pomigliano bleiben würde.

Und in einer Nacht voller Alkohol und Tabletten hatten sich Marina und er in ein Auto verdrückt, um sich vor der Kälte zu schützen und dem prasselnden Regen, vor dem Nichts und der Einsamkeit drinnen wie draußen. Da ging Marina an ihn ran, und dann waren da die Hände und die Hüften, und auch wenn er die Männer liebte, fand er sich plötzlich auf ihr und sie: »Dai, los, komm in mich, dai Willy!« Und das Radio spielte die *Red Hot Chili Peppers*.

»Nein, das geht nicht, wie soll das..., und dann?«

»Und dann...? Scheißen wir auf das Dann! Los, Willy, laß mich von einem Kind mit dir träumen.«

»Aber ich tauge nicht zum Vater, das weißt du. Komm schon, Marina, wozu zwingst du mich da?«

»Du bist wunderbar... Ich will es. Ja, ich will es.«

Sie gaben sich hin in der kleinen Abgeschiedenheit des alten Fiat Panda, einer über dem anderen, verrucht verzweifelt verkrümmt verkrallt ineinander und in das Leben, das sie so unterschiedlich hatte werden lassen und doch so gleich in ihrer Qual und ihren Ängsten. Erinnerung an schöne Jahre und die Melancholie eines Lächelns, das in Nächten verschwunden war, die nicht die von Capri oder Montecarlo waren, sinnlose Nächte, verunstaltet von kaltem und siedendem Asphalt. Von hier gab es keine Flucht. Trotz der *Nirwana*. Trotz Marilyn Manson, trotz der *REM*.

Sie waren nur schwer herumzubringen, die kalten Abende im Januar und im Februar, um sieben Uhr sah es schon nach Ausgangssperre aus, und Rimini und Riccione waren zu weit weg für eine Spritztour, »und woher nehmen wir das Geld, verdammte Scheiße, die schulden mir noch den Lohn für September«, schimpfte Willy.

Und als Marina ihm sagte, daß sie schwanger sei, blieben Willy die Worte weg, und dann, mit hängendem Kopf, »aber ich bin schwul, du weißt das, ich mag Männer«, und sie: »Du gefällst mir und ich will es haben von dir, dieses Kind, um jeden Preis.«

In diesem Augenblick begriff Willy, daß sich seine Träume immer weiter entfernten und daß Marina nicht nachgeben würde, und er dieses Kind auch würde in die Welt kommen lassen. Aber er fühlte sich auf keinen Fall in der Lage, sie zu heiraten.

Einer ihrer Brüder sah das allerdings überhaupt nicht so. Zäh, hart und hemmungslos, wäre er nie im Leben damit einverstanden gewesen, daß seine Schwester schwanger werden sollte von einem

Schwulen, seine Schwester wäre nie einverstanden gewesen mit einer Abtreibung, und nie im Leben hätte die Familie so was zugelassen und der Rest der Welt dann auch nicht. Was zum Teufel war also zu tun?

»So eine Scheiße«, murmelte ihr Bruder eines Nachts, während er darauf wartete, daß Willy und seine Freunde die Kneipe verließen.

»Hey, kannst du einen Augenblick kommen?« sagte er, ganz Macho, zu Willy, der ziemlich verwirrt aus dem Lokal kam, Alkohol auf der Zunge und Prince im Hirn.

»Ciao«, antwortete Willy etwas schüchtern, »was tust du hier, du bist der Bruder von Marina, nicht wahr?«

»Ich muß mit dir reden, kannst du mit mir nach Hause kommen?«

Willy gab Giorgio ein kleines Zeichen mit dem Kopf, daß er mit dem Typ verschwinden würde: »Was dagegen, wenn du mein Auto nach Hause bringst und morgen mit dem Schlüssel vorbeikommst?«

Willy stieg ein, der Typ verabschiedete sich aus der Via Medina mit den durchdrehenden Reifen seines prollig hochmotorisierten Autos, arbeitete sich in einem gespenstisch nächtlichen Napoli die Gassen des Stadtzentrums hoch bis auf die Umfahrungsstraße, kaum Verkehr, ein Polizeiwagen überholte sie und bog dann ab, ohne sich darum zu kümmern, wie schnell sie unterwegs waren.

Der Macho-Bruder fühlte sich wie sonstwer, wichtig, stark, entschlossen, ganz kleiner Gangster, er hatte die Stereoanlage bis zum Anschlag aufgedreht und Willy wortlos neben sich sitzen lassen, Willy, der längst schon in sich versunken, eine Handvoll nur mehr war, Rest seiner selbst, Stückwerk, ein kleiner Vogel, der bereit war, sich zerfleischen zu lassen von dem Löwen, der neben ihm saß.

Der Macho hielt an einem verlassenen Hohlweg abseits der Straße nach Pomigliano an, machte den Motor aus, die Scheinwerfer, klappte den Sitz nach hinten, zündete eine Zigarette an, und während er leer an die Decke des Autos sah, wiederholte er zwei, drei Mal: »E allora? Na los!«

Willy wußte nicht, was er sagen sollte, tun sollte, er hatte längst verstanden, daß der Typ Übles vorhatte, aber er wußte nicht, wie und wo anfangen, und deswegen sagte er: »Geht es um Marina?«

»Hast schon richtig verstanden«, sagte der Typ kurz.

»Ich war's, ich habe Marina geschwängert.«

»'n Scheißschwuler!« platzte der Typ heraus.

»Entschuldige, wieso beleidigend werden?«

»Halt das Maul, es ist besser. Bei all den Männern, die's gibt, sucht sich meine Schwester gerade so'n Stück Scheiße wie dich aus.«

Inzwischen hatte er sich die Hosen aufgeknöpft und seinen Schwanz herausgezogen. Und aus der Stereoanlage kam ein altes Stück von Giulietta Sacco.

Willy war ebenso verängstigt wie begeistert, aufgeregt und gefühllos, verwirrt und hingerissen. Er hatte sofort verstanden, daß diese Nacht nicht gut enden würde, und deswegen konnte er nur mehr sagen: »Hast du mal 'ne Zigarette?«

»Reicht dir diese Zigarre hier denn nicht?« sagte der Typ und drückte Willys Nacken nach unten.

»Sag mal, was heißt das?« sagte Willy, verstört.

»Wie was heißt das? Das heißt, daß du 'n Scheißschwuler bist und mich jetzt lecken wirst, und zwar alles.« Und als er das sagte, holte er auch noch seine Eier heraus.

»Und wenn es deine Schwester erfährt, was sagt die dann?«

»An die denken wir später, jetzt nimm ihn in den Mund!«

Und während er leckte, schaffte es Willy sogar, sich die Jacke auszuziehen, um sich besser auf den Gegenstand konzentrieren zu können, um den es jetzt ging. Es wurde einer seiner besten blowjobs, SchwanzEierSchwanzHaareSpeichelEierBauch, und dann zog er ihm die Hosen hinunter und leckte seine Beine. Ließ es zu, daß der Macho ihn komplett auszog. Es mußte nichts mehr gesagt werden, kein Wort, nur hastige Zeichen, schnell, zuckend, und schon fand sich Willy mit dem Bauch nach unten auf dem flachgelegten Autositz, und mit den Händen hielt er sich fest, um dem verdammten Ding zu erlauben, in ihn hineinzukommen, er legte seinen Kopf ganz flach, und dabei sah er das Dunkel den Frieden die Nacht den Tag den Regenbogen und spürte Schmerz und Lust, wie er es noch nie verspürt hatte, und dabei hatte er schon ein paar Schwänze gehabt, aber dieser hier grub knallte klopfte verletzte, spuckte Gewalt und Sperma aus, und Willy säuberte ihn mit seiner Zunge und schon war er drauf und dran und wußte, daß er ohne ihn nicht mehr auskommen würde.

Der Machobruder sagte kein einziges Wort und ließ Willy all das tun, was zu tun war, bis dessen Zunge wie ein alter Schwamm war und er die zweite Ladung dieses unermüdlichen, wütenden, dreckigen Dorfbullen schluckte, der endlich verstummt und satt war.

»Bringst du mich nach Hause?« sagte Willy, aber der Macho ließ ihn nicht einmal ausreden, verpaßte ihm einen Faustschlag ins Gesicht, daß ihm Hören und Sehen verging, schmiß ihn aus dem Wagen und trat auf ihn ein, spuckte auf ihn, ließ ihn am Boden liegen, auf dem kalten und feuchten Boden von Pomigliano d'Arco, in einem verlassenen Hohlweg, und zu mehr als einem leisen Stöhnen war Willy nicht mehr fähig, er konnte ihn nicht einmal bei seinem Namen rufen, weil er ihn nicht kannte, er wiederholte nur: »Hör auf, bitte, hör auf!«

Der Macho pißte noch auf ihn, legte dann den Rückgang ein und verschwand mit aufheulendem Motor auf der Landstraße.

Napule aggio scritto pe' te chesta canzone...
Dir, Napoli, habe ich dieses Lied geschrieben...

3

Salita Concezione a Montecalvario. Quartieri Spagnoli. Drückend schwüle Hitze. Plötzlich hereingebrochene Juniglut, kein Wasser in den Leitungen, der ganze Stadtteil trocken, und HitzeHitzeHitze und »wie zum Teufel soll das gehen, die vollgeschissenen Kinder auch noch zu wickeln bei dieser Hitze, die einen nicht mehr atmen läßt, und der Schweiß steht dir auf der Stirn und überall kleben die Haare und die Schenkel reiben aneinander; wie soll man das bloß bis September überleben, mamma mia...«

Salita Concezione a Montecalvario. Der *basso* der Carmela, die kleine, dunkle Erdgeschoßwohnung. Carmela, schön und schmal, rabenschwarz und traurig, Augen voller Melancholie, und du fragst dich, wieso und weshalb, aber das Wieso kennt nur sie und sie trägt es mit sich herum und drückt es in ihren Magen und tiefer, arme Carmela, sie zieht ihren kleinen Wagen auf die kleine Gasse und verkauft Zigaretten, um den Laden am Laufen zu halten, ihr Mann sitzt im Knast, seit zwei, drei Jahren, wer weiß das so genau und schon gar wie lange noch, und inzwischen hat sie, um die Einsamkeit totzuschlagen, dieses kleine Ding da gemacht, mit irgend einem anderen Rumtreiber aus dem Viertel, einer, der ihr *mare e monti* und das Blaue vom Himmel herunter versprochen hatte und genauso verläßlich nicht gehalten hatte, »wußte man vorher schon, kannst dir vorstellen, bei dem Pech, das ich habe, daß ich an einen Guten geraten sollte, schön ist er ja nicht gerade, aber er sah immerhin wie ein Mensch aus und außerdem nach Zuneigung«, und die braucht man, schon um sich etwas einzureden, auch wenn es dann nicht wahr wird, allein schon um durch dieses dürre Leben zu kommen, das dir jeden Tag eine neue Rechnung präsentiert, und bezahl und bezahl, und wenn du das Geld nicht hast, ist es eben dein Bier, und auch wenn unser Leben eine vereiterte Mandel ist, müssen wir rauchen und weiterrauchen, um alles, was schiefgegangen ist, hinunterzuwürgen, auch die Jahre, die man hinter dem Ehemann her war, der erst auf die Droge gekommen ist, um sie dann auch noch zu verkaufen und schließlich im Knast von Poggioreale zu verschwinden, der mir einen zehnjährigen Sohn hinterlassen hat, den meine Schwester jetzt am Hals hat, weil ich mich um diese andere kleine, verwunschene Seele kümmern muß, die genauso verloren ist im Modergestank und der Enge dieses Labyrinths ohne Ausgang, dieser Stadt, die einem Südamerika gleicht, das wir nie gesehen haben, uns nie erhofft haben, und trotzdem ist es unser, es gehört uns, so wie wir ihm gehören ...

Wenn da nicht Maria wäre, Maria aus dem ersten Stock, die manchmal vorbeikommt, um mir zu helfen, die einkaufen geht für mich, auf den Kleinen schaut, wenn ich für eine halbe Stunde weg muß, Maria, noch keine dreißig Jahre und sieht viel älter aus, dick, fettige Haare, allein in der Welt, und auch sie überlebt nur mit den blowjobs für die Alten um fünftausend Lire. Nur mit den Alten, weil nur die auf sie stehen, weil die ein junges Leben brauchen, um sich aufzugeilen und das bißchen von sich zu geben, was ihnen von ihrem versäumten Leben noch geblieben ist, und sie massiert ihnen die vertrockneten Eier und leckt und leckt und dann spuckt sie aus und steckt die fünftausend Lire ein und an einem Tag, wenn's gut läuft, macht sie es auch zehnmal und hat wenigstens irgendwie überlebt, und zwischen einem Job und dem anderen steigt sie in Carmelas *basso* hinunter und hält das Kind oder geht ihrer Freundin zur Hand, und schon steht der Liegestuhl draußen vor Carmelas kleiner Parterrewohnung, als ob sie das *Grand Hotel des Bains* am Lido di Venezia wäre.

Zwei billige Liegestühle und das bißchen Rauch, Teer in den Lungen, und die Scheißblasjobs: Maria. Und los, Maria, schluck und schluck, und die Alten geben den Tip weiter und kommen mit ihren fünftausend Lire an und du steckst sie ein und schluckst und wie lange wirst du noch so weiter machen können, wieviele alte Schwänze wirst du noch lutschen können, du Fettwanst des Viertels, die von den Jungen noch nicht einmal angesehen wird, alle wissen, was du tust, aber niemand spricht darüber, weil es etwas ist, wofür sie sich beinahe schämen, in einem Viertel, in dem es keine Schande gibt, keine Scham, keine Moral, keine Würde und kein Gesicht, das es zu wahren gilt. Wo nur das verdammte Muß des

Überlebens und Weiterlebens existiert, und man schließt die Augen vor der Hitze und der Gleichgültigkeit jener, die sich in dieses Viertel nie vorwagen würden, die denken, daß das hier eine ganz eigene Welt ist, und vielleicht ist es das auch, ein anderer Planet, ein anderer Dschungel, bevölkert von altgewordenen Tunten, alten und jungen Transvestiten, fetten Hurenböcken, Junkies, chronischen Spinnern, Zuhältern, Kleinganoven, Camorristen, Lottoverkaufsstellen, Madonnenaltären und Heiliges-Antlitz-Bildchen, Müllberge, die in die bassi sickern, Kreolingestank, gedeckte Tische bis mitten in die Gasse, Jugendliche unter Hausarrest, illegale Wetten, Schwarzmarkt-Toto, massenhaft billiges Heroin, Kokain so viel du willst, Pillen, Shit, marokkanisches Öl, frische und vergammelte Fotzen, junge Frauen und Männer für die Lust der Lüsternen. Und die *Shore Patrol*, die nachts durch diese Gegend läuft, um nach den aufgegeilten und besoffenen Amerikanern zu suchen, die hierhergekommen sind, um ihre verfickte Lust in einer dieser feuchten und rosigen neapolitanischen Spalten zu befriedigen, die nach Fisch riechen und Syphilis und schlecht kuriertem Tripper, und die Münder, die ein Heer von Schwänzen gelutscht haben, und Weiße und Schwarze und Pakistani und Kapverdianer und inzwischen tauchen auch schon die Chinesen auf und ein paar Singhalesen, jeder mit seinem Schwanz, mit seinem Eigensinn, mit seinen Lastern, seiner Verkommenheit, Lüsternheit, Geilheit und Malaise.

Jeder mit dem, was er hat, und was er hat, das holt er heraus, und es gibt immer eine Linie Koks, die auf dich wartet, und hinterher einen Schluck miesen Cognacs oder guten Wiskys, hängt ganz davon ab, was du zahlen willst, na los, trink schon, trink, es ist heiß, da wirkt das Zeug doppelt, du mußt an nichts mehr denken, und wenn es auch in diesen Tagen kein Wasser gibt, putzen wir uns unsere Spalten eben mit nassen Tüchern und früher oder später taucht sicher eine Korbflasche voller Wasser auf und dann können wir uns den Gestank vom Leibe spülen und die Säfte der Schwarzen, die mit ihren Stöcken jeden Widerstand besiegen, da bräuchte es einen Gummi, aber der Schwarze mag den Gummi nicht, er will alles bekommen, na los dann, hab deinen Spaß, auch wenn ich weiß, daß du mich durchstoßen wirst, aber eigentlich kann ich von so einem Schwanz nur träumen, schau dir das nur an, und was für ein schwarzer Schädel und was für weiße Zähne, beinahe gebe ich ihm einen Zungenkuß, diesem jungen Kerl, der sich noch verlassener fühlt als ich, und weißt du, was er tut, er leckt mir die Spalte und er leckt sie und weiß nicht, daß er damit alle Spalten Napolis leckt und alle Schwänze, die in zwanzig Jahren ein- und ausgegangen sind in dieser schmutzigen, schönen und verseuchten Wunde.

Carmine besuchte Carmela, er hatte sie letzten Sommer kennengelernt, zwischen den beiden hatte sich so etwas wie eine kleine Zärtlichkeit entwickelt in der Enge des *basso*, Carmela, ein Auge auf die Straße raus, ein Auge auf das Kind im Kinderwagen, Maria spielte die Aufpasserin, und Carmela hatte immer noch ein Auge über für den Schwanz des Cattivotenente, der sich über das frische Gesicht und die schönen Augen Carmelas hergemacht hatte und wollte, daß sie sich auszog, und sie »nein, bitte, jetzt nicht, ein andermal, jetzt nicht«, ihm war das gleichgültig, er wollte sie nur ansehen, auf das Fleisch über ihrer gedemütigten Scham schauen.

Schöne Carmela, du möchtest alles hinunterschlucken, und ich weiß das, dachte der Cattivotenente, die ganze süße Bitternis, die du in deiner Seele trägst, du möchtest dich sogar in den Cattivotenente verlieben, aber der hat dir schon gesagt, daß das nicht möglich ist, hat so schon genug am Hals, er ist verstrickt und verloren in unsaubere Geschichten, und noch einen Tiefschlag kannst du dir nicht erlauben, kannst du nicht verkraften.

»Nimm mich mit«, sagte Carmela, »für einen Tag wenigstens, nach Positano vielleicht, nach Ischia.«

Und Carmine senkte den Kopf, natürlich hätte er sie überall hingebracht, diese vorzeitig gealterte junge Frau, aber er wußte, daß er bereits auf den nächsten Schlamassel zusteuerte.

Famme addurmì n'ata notte abbracciato cù te.
Laß mich noch eine Nacht in deinen Armen einschlafen.

Maria wachte über die Nacht dieses Sommeranfangs; vielleicht würde sie es nie begeifen können, daß auch in einer kleinen, dunklen Wohnung der Quartieri Spagnoli eine eigentlich unmögliche Liebe entstehen kann zwischen einer verliebten Zigarettenverkäuferin und einem schwer gebeutelten Cattivotenente voller Zorn und Zärtlichkeit.

'Stu vico niro nun fernesce maje
e pure 'o sole passa e se ne fuje
ma tu staje llà tu Rosa, preta e stella
Carmela, Carmè...

Diese schwarze Gasse hört nie mehr auf
und sogar die Sonne zieht vorbei und flüchtet
aber du bleibst da, du Rose, Stein und Stern
Carmela, Carmè...

4

Hotel Gelsomino. Hotel Jasmin.

Umberto, Glatzkopf mit falschen Augen, ein Lächeln aus zweiunddreißig Zähnen, ein paar davon angefressen, ein paar aus Silber, Umberto spielte ein doppeltes Spiel.

Er vermietete Zimmer und beobachtete dann heimlich die Pärchen. Ein lüsterner Voyeur. Ein Kranker.

Er verkaufte Imitate bekannter Markenuhren, gestohlene Computer, geklonte Handys, vermittelte kleine Gefälligkeiten aller Art, aber er stritt ab, daß auch er Geld verlieh. »Ich nicht«, sagte er, »ein Freund, ich vermittle nur.«

Er kannte alle Geheimnisse der *ferrovia*, er hatte allerhand gesehen die Jahre über, in denen er versucht hatte, mit illegalen Geschäften zu Geld zu kommen, weil ihm der Lohn eines Hotelportiers nicht reichte. Er hatte sich von allem und allen in Versuchung führen lassen; bösartig und zynisch gab er sich als Freund aus und hatte in dem Hotel den Trick mit dem Zimmer und dem Loch in der Wand ausgekopft, und wenn dann da einer war, der ihn besonders anmachte, lief er hoch, um sich mit Speichel vorm Mund einen runterzuholen.

Für fünftausend Lire ließ er auch andere zusehen, Leute, die vor dem Hotel herumstanden, meistens Alte, auch brave Bürger. Das Zimmer mit dem Guckloch wurde zu Umbertos Paradies, in dem sabbernde Voyeure im Turnus das Auge an die Wand drückten, jeder für ein paar Minuten, selbstverständlich erst, nachdem sie bezahlt hatten, und dann holten sie ihre Dinger raus und einander einen runter. Manchmal mischte auch der schmierige Umberto mit, vor allem dann, wenn unter den Voyeuren einer besonders stark bestückt war. Das alles mitten in der *ferrovia* Napolis. Bei Sonne, Regen, Wind. Umberto hatte in solchen Fällen seinen Portiersverschlag der Obhut einer jungen Frau überlassen, die alles wußte, aber nichts sagte und auf die fünftausend Lire angewiesen war.

Selbstverständlich kannte auch Umberto den alten Wucherer

von der *ferrovia*, er wußte sogar von seinen Geheimnissen. Er wußte, daß er nicht zu normalem Sex fähig war, er wußte, daß er sich die Frau eines völlig überschuldeten Klienten als Geliebte gehalten hatte, und nachdem sein Kunde zahlungsunfähig geworden war, hatte er sich die Frau genommen, ein schönes Stück Weib, das nur dazu da war, mit ihm zum Tanzen zu gehen, der Alte tanzte gerne, und manchmal leckte sie ihm das, was ihm noch geblieben war. Der Ehemann wußte von alledem und schwieg. Das alles mitten in der *ferrovia* Napolis.

Umberto kannte einen, der gefälschte Invaliditätsbestätigungen im Angebot hatte samt dazugehöriger Rente, um die Krankenkasse zu bescheißen, den Staat zu bescheißen, irgendeinen armen Hund um sein Recht zu bescheißen, vor allem aber, um das eigene, verkommene, gelangweilte Leben zu verlängern, ein Leben wie vergilbte Wäsche, die nie weiß gewesen war, ein Leben ohne Gesetz, in dem das Wort Staat nichts als eine Utopie geblieben war, ein Leben, in dem sie morgens wie Ratten aus den Gullys ihrer Behausungen stiegen, auf der Suche nach einem Stück Irgendwas, das sie daran glauben lassen sollte, sie seien noch am Leben.

5

»Boccafica ventimila. Mundfick zwanzigtausend«, sagte die Schwarze auf der Via Domiziana zum Cattivotenente, als der ihr durchs Autofenster zurief: »Laß mich die Fotze sehen, los, laß mich« und mit einem Zehntausendlireschein wedelte.

Die Schwarze verstand nicht und wiederholte: »Mundfick zwanzigtausend.«

Dann schien sie begriffen zu haben, was der Cattivotenente von ihr wollte, worauf sie stinksauer wurde und zu ihrem Standplatz zurückging, mitten in die kochende Sonne dieses schwülen, feuchten Junivormittages und den heißen Wind aus Afrika, das soweit entfernt und gleichzeitig so nah war, und dann sagte sie in ihrer Sprache etwas, das ungefähr folgendes bedeutet haben mußte: »Dreckiger Hurensohn, Gaffer, Arschloch, ich steh hier für Mundfick zwanzigtausend und du willst nur meine Fotze sehen und wer weiß, ob du mir die zehntausend Lire überhaupt geben wirst, hau bloß ab, Arschloch.«

Carmine hatte bereits den ersten Gang eingelegt und war losgefahren, als er darüber nachdachte, daß zwanzigtausend wirklich nicht viel waren für ein solches Weib, und also war er nach Hause gefahren, breitete sich auf dem Sofa aus, schob sich die Hosen in die Knie und holte sich einen runter bis zur Atemlosigkeit, während er daran dachte, wie die Fotzenhaare der Schwarzen sich seitlich aus ihren cremefarbenen Hotpants schoben, und in dem Haargeflecht fand er Afrikas Wärme und seine Armut, seine Schönheit und sein gequältes Geschlecht, und er dachte daran, wie verrückt die Sonne auf diese Provinzstraße brannte, und Mundfick zwanzigtausend war wirklich ein niedriger Tarif, nun ja, die Schwarze hielt sich an die Gesetze des Marktes, und wehe dem, der aus dem Ruder laufen wollte, da brach die Hölle und die Zuhälter über einen herein, längst hatten sie schon ihre *boccafiche* rund um die Stadt herum postiert, bis an die Wohnblöcke der großen Peripherie im Norden der Hauptstadt des Südens, grad daß sie sie dir nicht ins Wohnzimmer stellten und die Kinder hatten sich auch schon daran gewöhnt, die unruhestiftenden Schönheiten zu sehen und die imponierenden Ärsche und atemberaubenden Zitzen, aber Kinder sind immer noch Kinder und noch wußten sie nichts von Mundfick zwanzigtausend, dreißigtausend, hunderttausend... Für die Kinder gehörten sie wohl zur Landschaft, wie Bäume Altreifen Erdhaufen Gestrüpp Brennholzstapel aufgerissener Asphalt und Werbeschilder, die die Zeit entwurzelt hatte.

Der Cattivotenente nahm eine kurze kalte Dusche, und als die nachmittägliche Öffnungszeit der Bank bevorstand, stand er bereits draußen und wartete darauf, daß man ihn reinließ. Es war wieder eine andere Bank, ein kleines Konto nur, der Cattivotenente, längst schon verloren an Geld und Kreditkarten und Bancomat und seit er die Bancomatkarte hatte, war jeder Automat gut genug, um sich Geld unter den Nagel zu reißen, dreihundert, vierhundert, fünfhunderttausend Lire und Amen und um das Geld dann wieder aufzutreiben, würde immer noch Zeit genug sein und wen zum Teufel ging das überhaupt etwas an, wo das Geld blieb, es ging zurück, wenn es zurückgehen sollte, wichtig war nur, sich diese Geldscheine in die Taschen zu stopfen, die das Leben und den Tag verlängerten.

Als er dann den jungen Direktor der Zweigstelle vor sich hatte, war er längst hart und ungeduldig geworden.

»Ich muß Sie einen Augenblick sprechen...«

»Wie geht es Ihnen?« fragte der Direktor.

»Scheiße«, sagte Carmine, »aber das interessiert Sie nicht... Klären wir das ein für alle Male: Wenn ich einen Scheck auf mein Konto einlege, ist es wirklich sinnlos, herumzutelefonieren, ob er gedeckt ist, ob es Spielraum gibt, ob er auffliegt oder sonstwas... Ich stelle nur gedeckte Schecks aus.«

»Aber ich bitte Sie... Das war reine Formsache.«

»Was für eine Formsache? Mit Ihrer Bank will ich in Zukunft nichts mehr zu tun haben, ihr spielt ein schmutziges Doppelspiel und mir sind ehrliche Verhältnisse lieber.«

»Sie übertreiben.«

»Ich weiß schon, was ich tue. Vielleicht wissen Sie nicht, was Sie tun, vor allem wenn Sie die Vertrauenswürdigkeit und die Korrektheit gewisser Kunden in Zweifel ziehen, meine zum Beispiel, und dann laßt ihr die Hosen runter vor Leuten, die mit nichts als Schwarzgeld ankommen, Kokaingeld, und ihr wißt davon und senkt den Kopf und wenn sie irgendeinen Scheck einlegen, hütet ihr euch sehr wohl, herumzutelefonieren und Sicherheiten oder sowas zu verlangen... Ihr scheißt euch an, weil die euch innerhalb einer Viertelstunde in die Luft fliegen lassen können.«

»Aber was erlauben Sie sich?«

»Ich erlaub's mir, ich erlaub's mir... Weil Sie keine Eier haben, lieber Herr Direktor. Lösen Sie mir die zwei Schecks ein, die demnächst ankommen, und schließen Sie dann das Konto, mehr, mit Verlaub, mehr als den Knecht können Sie nicht spielen.« Und damit verschwand er.

Carmine Santojanni wußte noch nicht, ob Bobdeniro ein wirklicher Freund war oder einer von denen, die sich zuallererst selbst Freund waren, und wenn dann noch was übrigblieb...

Schon in den Monaten zuvor hatte Bobdeniro auf sich warten lassen, in gewissen Situationen, die besonders eilig waren und mit Geld und dem Überleben zu tun hatten, einige andere Male allerdings hatte er sehr wohl sein Wort gehalten. Und Carmine mochte ihn, obwohl Bobdeniro noch tiefer in der Scheiße steckte als er. Bobdeniro ging und löste Schecks ein an Orten, wohin sich der Cattivotenente nie getraut und wo ihn auch keiner gekannt hätte.

Carmine hatte seinem Versprechen geglaubt: »Mittwoch komme ich zu dir nach Hause, mit zwölf Millionen netto.«

Die zwölf Millionen sollten ihm etwas Luft verschaffen, Spielraum, Freiraum, und gewisse Schwierigkeiten mit den Banken ausräumen. Zwölf Millionen, die er Ende des Jahres zurückzahlen sollte. Und das waren fünf oder sechs Monate Zeit, die vor ihm lag.

Gerade weil er die fünf, sechs Monate dringend brauchte, hatte er sich des Freundes bedienen müssen, der in der Lage war, lang laufende Schecks zu plazieren, weil er mit Handel seine Geschäfte machte.

Bobdeniro hatte es ihm als sicher zugesagt; sein Bekannter habe von Mittwoch geredet. Und Carmine hatte Bobdeniro geglaubt. In seinem Wahn und Wirrsinn hatte er immer noch das Bedürfnis zu glauben. An einen Freund. An den Bekannten eines Freundes. An ein gegebenes Wort. An einen versprochenen Mittwoch. An irgendetwas Wahres. An einen gerechten Gott, der keine weiteren Leiden mehr zulassen würde.

Dann kam der Mittwoch, und Bobdeniro versuchte, Zeit zu schinden.

»Da gab's ein Mißgeschick, ich gehe morgen früh selbst hin.«

Donnerstag. Carmine blieb geduldig, steckte ein und dachte, daß es irgendwann endlich auch Donnerstag werden würde.

Es war gegen zwei Uhr nachmittags an diesem Donnerstag, als er anrief, überzeugt davon, daß die Sache längst problemlos zu ihrem Ende gekommen war.

»Ich war da«, sagte Bobdeniro, »der hat sich deinen Scheck angesehen…, hat eine Fotokopie gemacht, und dann wollte er an Stelle deines Schecks einen von den meinen.«

»Der Bastard, er vertraut mir nicht«, rief Carmine Santojanni.

»Das mußt du verstehen, er kennt dich nicht. Der will nicht gelinkt werden.«

»Hör mal zu, Freund… Bis jetzt wurde hier noch keiner übers Ohr gehauen, o. k.?!«

»Na ja, auf jeden Fall hat er gesagt, ich soll später am Nachmittag noch einmal vorbeikommen.«

Donnerstag abend.

Bobdeniro: »Er hat gesagt, Freitag vormittags, so gegen Mittag.«

Carmine: »Capito…, Freitag vormittag.«

Der Cattivotenente hatte inzwischen verstanden, daß sein Freund Zeit gewinnen wollte. Vielleicht weil er Angst hatte, zu sehr in die Geschichte hineingezogen zu werden, vielleicht weil er das Gefühl hatte, daß Carmine zu aufgeregt war, ihm zu dicht im Nacken. Bobdeniro hatte wohl Angst um ihn und um sich selbst auch.

Und dann hatte er vielleicht auch Angst, diesen Bekannten ins Geschäft zu ziehen, der langlaufende Schecks einlöste und bei Gott kein Heiliger war, wenn nicht sogar ein richtiger Scheißkerl, ein Bastard und ein Wucherer und ein Hurensohn.

Freitags um zwei rief Carmine ihn an, und Bobdeniro sagte: »Ich stehe mitten in dieser Dreckshitze, nur wegen dir... Und jetzt fahre ich von Terzigno aus zu ihm, nach Casoria.«

»Gott segne dich«, sagte der Cattivotenente, aber er ahnte schon, daß es weitere Schwierigkeiten geben würde.

Immer wieder rief er an, aber das Handy war nie eingeschaltet. Und als er ihn dann endlich erreichte, sagte Bobdeniro: »Er hat sich mit mir um sechs Uhr verabredet, vor einer Bar...«

Himmel, mit Gottes Hilfe wird es wohl auch noch sechs Uhr werden, dachte Carmine, längst schon der Verzweiflung nahe wegen des Spielchens, und er begriff, daß er das Geld, dieses Geld da, nie im Leben zu sehen bekommen würde.

Die Verabredung wurde von sechs auf sieben verlegt. Dann Düsternis.

Es war längst acht, als Bobdeniro sagte: »Das läuft nicht, wie es soll. Der hat auf Zeit gespielt, hat gesagt, daß er in Schwierigkeiten steckt; auf jeden Fall aber muß ich direkt mit dir reden, das geht nicht per Telefon.«

Der Cattivotenente legte auf, ohne noch irgendetwas gesagt zu haben und steckte den Schluß dieses absurden Spektakels weg, das ihm immer mehr zu verstehen gegeben hatte, daß man gewissen Leuten inzwischen längst nicht mehr trauen konnte. Nie mehr. Er war am Ende.

Um ein Uhr nachts rief er Bobdeniro wieder an und überschüttete ihn mit Wut, Ungeduld, Angst und Schmerz.

»Bist ein schöner Freund, du und dein Bekannter, danke für das, was du mir die letzten Tage angetan hast. Eines Tages wirst auch du dafür bezahlen.«

Und noch bevor Bobdeniro irgendetwas sagen konnte, legte er auf und ging auf den Balkon hinaus und seine brennend geröteter Blick verlor sich im Dunkel der Nacht und seiner Verzweiflung.

Und das Leben ging weiter und machte sich lustig über den Cattivotenente, der bissenweise Luft schluckte...

6

Tonino, genannt Jonnybigud, ein neomelodischer Sänger, hatte sich mit seinem Manager in die kleine Ecke zurückgezogen, halb Restaurantgarderobe, halb Umkleideraum, und baute sich eine zweispurige Koksstraße.

Noch ein Schluck Whisky, um die aufeinanderfolgenden Auftritte zu überstehen, und los, zum nächsten Termin, zur nächsten Hochzeit, und damit wären es acht. Acht Auftritte an einem Tag, einer nach dem anderen, und noch war es nicht vorbei. Es fehlten noch weitere fünf. Dreizehn insgesamt, dreizehn verdammte Jobs, zwischen Torre del Greco und Castellammare, Boscoreale und Boscotrecase, Terzigno und Sant'Anastasia. Es war die Jahreszeit der Feiern, man mußte dranbleiben.

Das Auto stand schon da, der Chauffeur daneben, der Manager, Mädchen für alles, wie immer bereit, das Bare einzustecken, ihm den Rücken zu decken, Streitereien oder Diskussionen zu vermeiden und ihn im richtigen Augenblick mit Koks zu versorgen. Etwas kaltes Wasser ins Gesicht, zwei Finger Gel ins kurze Haar, Sonnenbrillen, um Rötungen und Sünden zu verdecken, die jungen Frauen warteten längst darauf, gemeinsam mit ihrem Liebling die Lieder zu singen und zu schreien.

Und zwischen Fisch und Kalb und *vongole* verausgabte man sich an »Ti amo, sei mia, ich liebe dich, du bist mein, geh nicht mit ihm, du bist die Meine, ich sterbe für dich … je moro pe' te« und so fort.

Die schmuckbehängten und wohlfrisierten Damen aus der weiten Peripherie der Stadt stritten sich, wer singend auftreten durfte, Strophen und Refrains wiederholend, während sich auf den Tischen das Geschirr stapelte, dazwischen olivenölgetränkte Tischtücher und Fliegen und Rotwein aus Gragnano. Und alle standen sie unter dem Podium, um ihr Idol zu sehen und ihm nahe zu sein, dem greifbaren Schönen, ihrem Stadtviertelhelden, ihrem höchsteigenen George Michael, ihrem Michael Jackson zum Anfassen, von dem man ruhig noch ein Lied verlangen konnte.

Und er verschickte Küßchen in alle Richtungen und lächelte alles Weibliche an und sang für sie, aber allzulange konnte er nicht mehr bleiben, eine halbe Stunde war vereinbart, der Manager winkte schon hektisch, gehen wir, da gibt es noch so eine Feierlichkeit und die warten schon, bloß nicht zu spät kommen, bloß nicht blöd dastehen vor den Kumpanen.

Hochzeiten, Firmungen, Erstkommunionen, die Hunderttausendlirescheine stapelten sich, hundert und wieder hundert, nimm das Geld und los, ein Klaps auf die Schulter, ein Erinnerungsfoto, und einen Fingernagel von dem guten Zeug, das Versprechen, sich bei der nächsten Feier wieder zu sehen, die rituellen Küsse auf die Wangen, ein Applaus für die Brautleute, einer für die Freunde und einer für die Eltern der Brautleute, der Mercedes steht schon bereit um loszujagen, die Lichter am Golf von Napoli, der Golf stumm und trotzdem geschäftig, voller Geschäfte und Gangstereien, Betrug und tödlichen Bedrohungen, Drogen und Wucher.

Und in den Gedecken der Restaurants rund um den Vesuv steckten noch weitere Geheimnisse und weitere Versprechen, Konfekt und Trinkgelder für die übermüdeten Kellner, Teller über Teller, aufgeblähte Bäuche, Magengeschwüre, Halbzirrhosen, Gastriten, Magenschleimhautentzündungen, Krampfadern, Pankreatitis, Diabetes, Cholesterin und Triglyzeride, aber der Wein floß trotzdem und floß durch die Venen, alles erinnerte an Betrug, Bestechungsgelder und halblegale Geschäfte, Pistolen im Hosenbund, Autos mit Sonderausstattung, luxuriöse BMWs und brasilianische Nutten.

7

Scintillone, der fette Funke, Junkie ein Leben lang, hatte alle Tricks gelernt, mit denen sich die Apotheker hineinlegen lassen. Er war der König der Junkies im neapolitanischen Umland und darüber hinaus. War seit ewig auf dem Stoff. Seit die anderen sich am Sonntag den Schuß gaben mit dem FC Napoli, Wein und Paprika.

Vierzig ruinierte und verlorene Jahre hatte er auf dem Buckel und ein jedes davon war ihm doppelt anzusehen, dabei hätte er eigentlich Pfarrer oder so etwas werden sollen, und also war er in jungen Jahren aus Cascia abgehauen, seine erste Flucht endete in Liverpool; Vater hatte hinfahren müssen, um ihn zurückzubringen.

Ein aus den Fugen geratenes Leben. Scintillone war ein Experte in Sachen Pillen und LSD und konnte mit einem einzigen Blick aufs Heroin sagen, ob es gut war oder sehr gut, die letzte Scheiße oder verschnitten. Er war der Held der Jungjunkies seiner Zone, ihr Expertengott, ihr großer Bruder, der all die Jahre mitangesehen hatte, wie viele Unbegabte draufgegangen waren. Er nicht, er wußte wie, wußte, wann und wieviel von der Droge, auch wenn er jede Menge davon nahm, aber er kannte inzwischen seinen Körper, seine Grenzen, seine Bedürfnisse, und er sagte immer: »Mit der Droge umzugehen ist eben eine Kunst.«

Er war umgeben von Neulingen des Unglücks, hatte immer Gefolgschaft im Schlepptau und schon die übelsten Dinge gedreht. Sogar das Gold aus dem Tabernakel einer Kirche in Benevento hatte er sich unter den Nagel gerissen, und eines Tages hatte er in einer Prozession eine goldbehängte Madonnenstatue entdeckt und war dann so lange fromm geworden, bis er sich mit dem Sakristan angefreundet hatte und an die Madonna herangekommen war, um ihr schließlich sämtliches Gold vom Leib zu klauen.

Letzthin hatte er sich mit einem Arzt in Chiaiano zusammengetan, der ihm einen Stapel Morphiumrezepte überließ, mit denen er dann, den treuen Vicenzo immer an seiner Seite, in eine Apotheke der *ferrovia* ging, vor der schon jede Menge Leute auf ihn warteten, darunter auch einige sogenannte Hochanständige. Er schob das Rezept rüber, behielt zwei, drei Ampullen für sich, den Rest, immer noch eine Engros-Ration, verkaufte er draußen an die Wartenden. Er war zum Morphium übergegangen, seit er entdeckt hatte, daß er damit den Staat mit Hilfe eines Arztes bescheißen konnte und genügend für sich abzweigen und noch mehr Spaß daran haben konnte. Er, der alles Heroin dieser Welt in sich gepumpt hatte, er, der historisch gesehen erste Junkie Napolis, der Heros der berühmten Piazza Dante, damals noch mit den Palmen und den Häuschen, unter denen man auf den 160er oder den 22er-Bus wartete, um in die Dörfer der Umgebung zu fahren, damals, als diese Stadt noch keine Peripherie hatte und die Dorftrottel noch nach Napoli herunterkamen.

Er war aus allen Therapiegemeinschaften hinausgeflogen, in die ihn sein Vater gesteckt hatte, um ihn zu kurieren. Aus vielen war er abgehauen, und jedesmal hatte er dabei dieses spöttische Lächeln auf den Lippen. Scintillone lachte immer, auch wenn er wegen der Droge längst ohne Zähne war. Und Mutter hatte, um seinen dauernden Geldforderungen nachzukommen, irgendwann damit begonnen, Geld zu Wucherzinsen zu verleihen, und zog durch die Straßen des Viertels, meist ziemlich niedergeschlagen, weil sie wußte, daß sich ihr Sohn das mühsam verdiente Geld sofort in die Venen pumpen würde.

Verfluchtes Geld, dreckiges Geld, verdammtes Geld; sie wußte darum, und deswegen stiegen ihre Zinsen immer mehr, und trotzdem fand sich immer jemand, der noch abgebrannter war und alles akzeptierte, auch seine Verdammnis, nur um an das Geld zu kommen, nimm oder stirb! Wenn sie ans Einkassieren ging, kam sie an wie ein Todesengel, in einen schwarzen Umhang gehüllt, eine Hexe, die sich nie auch nur um einen Tag irrte. Egal ob Samstag, Sonntag, Festtag: immer war sie pünktlich da.

Und je mehr sie abkassierte, um so mehr machte Scintillone sie zur Märtyrerin, sie verdammte sich und wollte ihre Pein, ihr Kreuz, ihre Hölle nicht eingestehen, redete immer davon, daß es ihrem Sohn gut gehe und er nicht mehr auf der Droge sei, daß er sich verlobt hatte und längst vernünftig geworden war. Seit fünfundzwanzig Jahren sagte sie das, ein Leben lang inzwischen, seit einem

Leben trieb er sie in den Wahnsinn, und jetzt war er vierzig geworden und sagte, er hätte sich den Doktor der Pharmazie honoris causa verdient, weil er alles wußte, aber auch gar alles, von den chemischen Substanzen, aus denen die verschiedenen Drogen bestanden, er wußte, aus wie vielen Milligramm hiervon und davon Rohypnol bestand, und Tavor, Xanax, Valium, vor allem aber war er ein Hurensohn, weil er die Apotheker systematisch reinlegte. Und wenn sie ihm auf die Schliche kamen, hatte er längst die Gegend gewechselt und das Viertel.

Jetzt arbeitete er in Benevento, immer gefolgt vom treuen Vincenzo, der ständig wiederholte: »Du bist mein Vater, meine Mutter und alles, was ich weiß und habe.«

Und gemeinsam wiederholten sie ihr Gebet: »Gib uns heute unseren täglichen Stoff und Amen.«

8

Der Wucherer mit den schmierigen Haaren saß vor einem großen, nur für eine Person gedeckten Tisch in der kitschigen Küche einer riesigen Villa samt Swimmingpool, irgendwo in einer stillen Seitenstraße in der Nähe des Pferderennplatzes von Agnano.

Eine alte Kassette spielte Musik der 60er Jahre, der Wucherer mit den schmierigen Haaren erinnerte sich an seine Jugendzeit, als er noch keine einzige Lira im Sack hatte, als er noch kein Halsabschneider gewesen war und noch nicht verheiratet, und vielleicht, vielleicht, war es ihm damals besser gegangen als jetzt, obwohl er jetzt Geld hatte und einen Sohn und eine Ehefrau, die nach ihm schaute und auf das Haus, die den Garten pflegte und so tat, als wüßte sie nichts von den dunklen Geschäften ihres Mannes.

In Auschwitz lag Schnee, sang *L'Equipe 84*, während er Kartoffelsalat mit Thunfisch und Zwiebeln aß.

Und so fand ihn Carmine, als er mit zum Zerreißen gespannten Nerven in das Zimmer kam, mit seinen Problemen am Hals und in seiner prekären Situation, die so gar nicht zu einer Umgebung paßte, in der es nach gestohlenem und erpreßtem Geld roch.

Der Wucherer mit den schmierigen Haaren lud ihn ein, sich zu setzen und mitzuessen, aber Carmine Santojanni hätte an diesem Tisch nie etwas angerührt, nicht einmal, wenn er vor Hunger gestorben wäre.

Er ging hinaus, Richtung Schwimmbad, und wartete, bis der Wucherer fertig war, und so lange verlor er sich im blauen, sternenklaren Abend dieses Juni, der bereits heiß geworden war.

Er mußte um Geld betteln, obwohl er sich lieber in Luft aufgelöst hätte, er ertrug das Haus nicht, diese Leute, den Kartoffelsalat. Eigentlich war er ja wegen des Geldes gekommen, aber vielleicht wollte er es in seinem Innersten gar nicht, vielleicht wußte er, daß der Typ nein sagen, mit Ausreden kommen würde.

Er versuchte, Eindruck zu schinden; der Wucherer sollte nicht ahnen, daß er in Schwierigkeiten war, aber er war es müde geworden, Theater zu spielen und einem Typen was vorzumachen, der ihm am Arsch vorbeiging.

Da war das Geld, das er in diesen Tagen einkassieren sollte, und insofern hätte es ihm eigentlich leichterfallen müssen, überzeugend zu wirken, aber er wollte keine Erklärungen abgeben, wollte nur das Geld, jetzt, sofort, und immer schön Zinsen zahlen, immerhin war er, Carmine Santojanni, ein seriöser Mann, der den Verpflichtungen, die er im Lauf der Jahre eingegangen war, immer nachgekommen war, der die Zahlungstermine immer eingehalten hatte. Und wenn er einmal einen Aufschub gebraucht hatte, hatte er später pünktlich gezahlt. Und das wußte der Wucherer mit den schmierigen Haaren.

Carmine sah auf die Scheinwerfer im Swimmingpool, auf die Gipsmuscheln, auf die zwei Sirenen am Beckenrand, zwei fürchterliche Marmorsirenen, und auf die sieben Gipszwerge, die zwischen Becken und Rasen herumstanden.

Eine Dogge drehte ihre Runden und fühlte sich wie der wahre Herr im Haus.

Verfluchter Swimmingpool. Verfluchte Scheinwerfer.

Verfluchter Wucherer.

9

Der Cattivotenente legte eine CD mit portugiesischer Musik ein. Während Amalia Rodriguez *Estranha forma de vida* für ihn sang, ein bitteres und trauriges Lied aus einem Land, von dem er träumte und das er im Blut trug. Wie ein Seefahrer, wie der Kapitän eines Ozeandampfers, der früher oder später dieses Land erreichen würde, dachte er über sich selbst und seine Lebensumstände nach, seine Schwierigkeiten, dachte darüber nach, wie weit es mit ihm gekommen war, und dachte an die Scheißkerle, die ihn umgaben, an die Dummköpfe, die er in letzter Zeit kennengelernt hatte, an sein unaufhörliches und vergebliches Gerenne, das so sehr der Melancholie des Fado glich, dieser Musik aus einem Land, das ebenso aus Schmerz bestand wie aus Meer. Und dieses Meer widerhallte jetzt in dem Zimmer.

Er hatte sich Spaghetti gekocht, mit grünen Peperoncini und Tomaten, und er wußte, daß ihm etwas Urlaub vermutlich gut getan hätte. Ja, das ganze Chaos hinter sich lassen und den ganzen Scheiß, die Zwickmühlen und die Überlebenskämpfe, und losziehen. Dahin, wo ihm geholfen würde, wo er sich entspannen und erholen könnte, und dann...

Inzwischen sang Vitorino *Andando pela vida,* und damit kehrte das Leben zurück, mit jeder Zeile, mit jeder Note, in jedem Akkord dieser Musik, die trotzdem so weit vom Leben entfernt zu sein schien, so weit, wie es der Cattivotenente war an diesem Abend, verloren, verdunkelt und vernebelt.

Er wartete auf einen Anruf von Bobdeniro, der sich nach der Geschichte von vor zwei Wochen gemeldet und entschuldigt hatte, versucht hatte, wieder ins Geschäft zu kommen, ihm auf irgendeine andere Weise zu helfen. Bobdeniro wollte ihm etwas frisches Geld besorgen, sauberes, ohne irgendwelche Schecks im Gegenzug, ohne Wechsel oder Verpflichtungen... Und wollte dabei doch nur die Intelligenz, das Können und die Kreativität des Cattivotenente für sich nutzen.

Der Cattivotenente hatte früher einmal Werbeslogans gebastelt;

darin war er quasi göttlich gewesen, eine geniale Begabung. Dann war der Alkohol gekommen, die Frauengeschichten, die Laster, die schlaflosen Nächte, und die Firma, für die er arbeitete, hatte ihm gekündigt; einen besonders guten Ruf hatte er nie gehabt, trotzdem war er gut gewesen, vielleicht sogar der Beste am Markt, aber man hatte den Respekt verloren, alles wegen seiner Schulden und seinem Schlamassel. Seine Feinde, die ihm bei seiner Arbeit, in seiner Kreativität nicht am Zeug flicken konnten, griffen ihn in seinem Privatleben an. Und schon war das Spiel gelaufen.

Letzthin hatte er sich immer schwerer getan, Arbeit zu finden, seine Freundin hatte ihn verlassen, weil sie genug davon hatte, erst schlecht und dann als Göttin behandelt zu werden, erst Madonna und dann Hure im Dreck, und runter und rauf und noch tiefer runter, »jetzt reicht's, Cattivotenente, bleib allein mit deinem Scheiß, deinen Problemen, deinen portugiesischen Liedern, du und *Madredeus, Carlos Paredes* und *Marta Dias*.«

In seiner Einzimmerwohnung ohne Aussicht, fast immer umgeben vom Fado, fluchte er am Telefon, beschimpfte den und jenen, die Müllsäcke stapelten sich im Eingang, wenn er sich irgendeine Nutte hochholte, gab's Shit bis zum Abwinken, und gleichzeitig war er immer voll Alkohol, das Gelächter überdeckte Sorgen und Angst, so lebte er vor sich hin, Carmine Santojanni, den sie den Cattivotenente nannten. Seit ihn seine Mirjam verlassen hatte, ging es ihm dreckig, auch wenn er das nie zugegeben hätte; nur einmal, in einem schwachen Augenblick, hatte er Bobdeniro davon erzählt.

An diesem portugiesischen Abend jetzt, er allein mit sich, seiner Seele und seinen Sorgen, bekam er den Anruf eines Hurensohnes, eines reichen Kaufmanns, dem er mit Ratschlägen und Tipps für seine Firma gedient hatte. Der Scheißgeschäftsmann hatte nie eine Lira herausgerückt, nie irgendein Zeichen des Dankes, obwohl der Cattivotenente sich das erwartet hatte. Gleichzeitig wußte er, daß es besser war, bei gewissen Leuten nicht nachzufragen. Vor allem nicht bei reichen Scheißgeschäftsleuten, die geizig und knauserig sind und nie eine Lire herausrücken. Und trotzdem wollte dieser reiche Hurensohn der Freund des Cattivotenente sein, lag ihm etwas an dieser Freundschaft.

Und als der Cattivotenente ihn wegen der zwanzig Millionen Lire anging, sagte er nicht nein, aber auch nicht ja, er sagte nur: »Es ist gut, daß du mir das einen Monat vor der Frist gesagt hast«, was für Carmine in etwa bedeutete: Mach dir keine Gedanken, ich kümmere mich drum. Einen Dreck! Der Monat ging vorbei und der Hurensohn ließ es zu, daß unser Carmine noch tiefer ins Schlamassel geriet ...

Carmine hatte trotz allem geglaubt, daß der reiche Geschäftsmann sein Wort halten würde, Geld hatte er bis zum Abwinken, konnte es gar nicht mehr zählen, hatte einen neuen Laden im Stadtzentrum eröffnet, offensichtlich genügte ihm der, den er schon hatte, nicht mehr. Wollte mehr und noch mehr und immer mehr, und dann saß er immer da in seinen vier Wänden und genehmigte sich keinen einzigen Tag an der Sonne und zählte fortwährend Geld.

An diesem portugiesischen Abend bekam Carmine den Anruf des offensichtlich gelangweilten und müden Geschäftsmannes, der ihn zu einer *zuppa di cozze* einlud, so als ob da nichts gewesen wäre, als ob die Tatsache, daß er ihm geschadet hatte, nicht zählen würde, anscheinend überzeugt davon, daß man das Ganze noch einrenken könne.

»Ich brauch das Geld«, sagte Carmine entschieden, »nicht das Gerede, sondern dieses Scheißgeld, das du so liebst. Das ist kein Abend für eine *zuppa di cozze*, reichen dir die Probleme nicht, die du mir gemacht hast?«

»Ich habe ja selber welche gehabt. Mußte dreihundertfünfzig Millionen auftreiben, das sind keine Peanuts...«

»Hör zu, Freund«, sagte Carmine, kalt und voller Verachtung, »behalt dein Geld, ersauf darin, besauf dich daran, misch es unter die Miesmuscheln von heute abend, aber vergiß diese Telefonnummer. Du und ich, wir haben uns nichts mehr zu sagen.«

An diesem Abend betraten Willy der schwule Friseur und der Wucherer mit den schmierigen Haaren gemeinsam das Hotel Gelsomino.

Umberto begriff sofort, und als sie nach einem Zimmer fragten, gab er ihnen ohne langes Zögern den Schlüssel zu dem Spezialzimmer.

Er nahm die Personalausweise, trug sie ins Register ein, ließ ihnen die Zeit, aufs Zimmer zu gehen, und verkaufte das eigenartige Paar dann an die drei, die in der Bar auf der gegenüberliegenden Straßenseite herumstanden.

Dann rief er das Mädchen, das ihn vertrat, und ging auch hoch. Was er sah, hatte er erwartet, auch wenn das Paar etwas eigenartig gewesen war. Er sah den Wucherer mit den schmierigen Haaren, von dem er aus dem Ausweis wußte, daß er verheiratet war, sah ihn nackt auf allen vieren und darauf wartend, daß ihn der Schwule von hinten nahm.

Ohne lange Umstände packte Willy sein Ding aus, schmierte es ein, nahm den Wucherer wild von hinten, der es wie eine Hündin genoß und die Beine breit machte. Die drei Spanner im Zimmer nebenan warteten darauf, an die Reihe zu kommen und masturbierten inzwischen schon, während der Portier ihnen erzählte, was es zu sehen gab.

Der Wucherer mit den schmierigen Haaren gab Willy dem schwulen Friseur dreihunderttausend Lire, dann verließen sie das Zimmer. Willy ließ sich ein Taxi rufen und verschwand.

Der Wucherer mit den schmierigen Haaren zündete sich eine Zigarette an, draußen vor dem Hotel, das die Voyeure längst verlassen hatten. Umberto machte sich an ihn heran und fragte nach, ob er richtig gutes Kokain brauchen könne.

»So was mache ich nicht«, sagte der Wucherer kühl und abschätzig.

»Entschuldigen Sie…, ich habe nur gefragt, weil ich gesehen habe, daß Sie sich hier aufgehalten haben, ich dachte…«

»Was?« sagte der Wucherer.

»Daß Sie vielleicht auf der Suche nach etwas Neuem sind..., wenn Sie es wünschen, kann ich Ihnen das beste Fleisch anbieten, das zur Zeit auf dem Markt ist. Aristokratische Huren, Luxustransvestiten, die nehmen und geben, fünfzehnjährige Jungs, ich habe eine sechzehnjährige Sklavin an der Hand, die ein wahres Schatzkästlein ist...«

»Man hat mir von einer gewissen Soraya erzählt.«

»Ja, Soraya, die Prinzessin. Die Gefragteste. Die kostet richtiges Geld, ist immer ausgebucht, die nimmt an die fünfhunderttausend, wegen ihres Schwanzes.«

»Mich interessiert nur der Arsch«, sagte der Wucherer, leicht verlegen.

»Ich meine, ich habe gesagt, daß Soraya so teuer ist, weil es der einzige Transvestit hier in der Gegend ist, der ein Ding von zweiunddreißig Zentimetern hat, Sie verstehen, das läßt sie sich zahlen, dann kommt noch mein Anteil dazu, außerdem sollte man unbedingt vorbestellen. Wenn es Sie wirklich interessiert, rufen Sie mich morgen an und ich werde sehen...«

11

Brucewillis von der *ferrovia* kam mit einer Yamaha Virago 750 an.

Ein wunderbar schwarzes Motorrad, und schwarze, enganliegende Sting-Sonnenbrillen, die ihn härter erscheinen ließen als er war.

Er hatte eine Verabredung mit Carmine, sie wollten in die Bank gehen, die Zweigstelle in der Nähe der Wohnung des Cattivotenente. Da war eine Angelegenheit zu klären.

Brucewillis von der *ferrovia* hatte Carmine Santojanni weinen gesehen. Und das hatte ihm nicht gefallen. Er mochte den Cattivotenente wirklich. Und er konnte es nicht ertragen, daß sein Freund leiden sollte unter der Demütigung eines Scheißkerls.

Er stellte das Motorrad ab, Carmine stand schon draußen und erwartete ihn. Ein Gruß, ein Klaps auf die Schulter, und los.

Bevor sie in die Bank gingen, sagte der Cattivotenente zu Brucewillis: »Sag mir, ob der, der sich *mein Freund* genannt hat, echt oder falsch ist.«

»Keine Sorge. Jetzt gehen wir einfach rein, und, bitte: Bring mich nicht zum Lachen.«

Brucewillis von der *ferrovia* kannte Schmerz und Leid. Er war knappe zehn Jahre jünger als Carmine, hatte in letzter Zeit viel gearbeitet und es dabei verstanden, Geld zu machen.

Die ganzen Jahre über hatte er auf jede Art und Weise versucht, dem Cattivotenente gute Ratschläge zu geben, aber der hatte darauf bestanden, die Dinge auf seine Art und Weise zu regeln. Brucewillis kannte das schon, und vielleicht mochte er ihn gerade wegen seiner Schlamassel besonders gerne.

Brucewillis von der *ferrovia* hatte eine Fabrik für Bilderrahmen und Bilder aufgebaut, hatte viele Arbeiter, aber früh schon verstanden, daß er mit den illegalen Immigranten das wirkliche Geld machen konnte; sie verkauften seine Bilder und Bildchen und Mitbringsel, überall, an den Stränden, an den Straßenecken, auf jeden Fall hatte sich das als das große Geschäft für Brucewillis herausgestellt, der auf einen Teil seines Lebens verzichtete und mehr als früher arbeitete, aber die Ergebnisse waren entsprechend.

Er selbst war in vergangenen Zeiten auch ein Illegaler gewesen, hatte sich versteckt, damit ihn das Leben nicht einholte, hatte sich für seine Mutter abgequält, die vom Vater verlassen worden war, war Sohn gewesen und Mann. Er hatte sich abgequält für seinen Vater, der sich eine neue Familie angeschafft hatte, und so war er zu Brüdern gekommen. Er mochte sie nicht.

Nach dem Tode seines Vaters war er plötzlich zum Vater dieser Halbbrüder geworden, die seine Söhne hätten sein können. Ein Durcheinander von Gefühlen, die sich verwoben, verschränkten, verwickelten, verhedderten, und er hatte verstanden, daß er sich an die Arbeit machen mußte, um Geld zu scheffeln, Geld, Geld, Geld. Und sich nicht mehr verstecken.

Er kannte den Schmerz, Brucewillis von der *ferrovia*, und er mochte den Cattivotenente.

Sie gingen in die Bank, der falsche Freund bat sie ins Direktionszimmer. Brucewillis von der *ferrovia* sah Carmine kurz an und flüsterte: »Schon gesehen... Der ist dein Freund nicht, der macht seine Arbeit und bringt seinen Arsch in Sicherheit.«

Sie setzten sich, und ohne Umschweife, noch bevor der Direktor auch nur ein Wort sagen konnte, nahm Brucewillis die Sonnenbrillen ab, legte den Motorradhelm neben seine Füße, sah diesem Menschen, dem er das erste Mal gegenübersaß, direkt in die Augen und sagte, in einem Ton voll Verachtung und leicht zornig: »Was bekommen Sie monatlich, Direttore?«

Der Direktor tat, als ob er nicht verstanden hätte, zögerte, sah Carmine Santojanni an, verblüfft, einen Augenblick lang, lang genug für Brucewillis, um seine Frage zu wiederholen: »Sie haben schon verstanden... Wieviel verdienen Sie im Monat? Um's kurz zu machen: Wieviel kosten Sie, wieviel sind Sie wert, wem legen Sie Rechenschaft ab, wer ist Ihr Vorgesetzter, wer, verdammt, glauben Sie, daß Sie sind, daß Sie meinen Freund so demütigen können, mein Freund ist eine Persönlichkeit, ein anständiger Mensch, ein Herr, und Sie demütigen ihn wegen dreckiger zwanzig Millionen

Lire.« Er zog ein Blatt Papier aus der Tasche. »Das ist mein Konto, meine Bank. Ich bezahle.«

Er zündete sich eine filterlose Camel an und sah zu, wie der Rauch in die Augen seines Gegenübers zog.

Als sie wieder vor der Bank standen, sagte Brucewillis von der *ferrovia*: »Hierher gehst du mir nicht mehr. Die zwei da drinnen zählen nicht, sind niemand... Wir müssen höher oben zuschlagen, mit jemanden an der Spitze reden.«

»Du warst gut«, sagte Carmine, zufrieden, daß sein Freund die Beleidigung dieses Scheißkerls und Direktors bereinigt hatte. Er umarmte Brucewillis von der *ferrovia* und küßte seinen kahlgeschorenen Schädel fünf-, sechsmal, als Zeichen seiner großen Zuneigung und außergewöhnlichen Freundschaft.

»Übertreib es bloß nicht«, sagte Brucewillis, »dafür ist es zu heiß. Laß uns eine *granita* trinken.«

Er war ein Kind, der Cattivotenente, und jetzt fühlte er sich beschützt von seinem Freund, der ihn dazu brachte, langsam wieder Vertrauen ins Leben zu bekommen. An einem schwülfeuchten Nachmittag, an dem man eigentlich besser auf den Malediven, in Rio hätte sein sollen, statt dessen treiben sie sich in diesem *El Paso* im Nirgendwo herum, in diesem Wüstenland der Zombies und Schlächter, Camorristen, Verbrechen und Scheißtypen.

12

»Von wegen Rechtsanwältin und Rechnungshof und dem ganzen Scheiß, den sie da erzählt hat«, sagte stinksauer Don Antonio, der alte Wucherer, zu Carmine. »Wissen Sie, was sie wirklich war?«

»Was?« sagte Carmine, überzeugt davon, daß nichts, was er über diese Person noch erfahren konnte, ihn überraschen konnte, er hatte es von Anfang an oder jedenfalls wenig später begriffen, daß diese Rechtsanwältin, die sich in der *ferrovia* herumtrieb, alles andere als vertrauenswürdig war, aber so weit wie das, was ihm der Alte gerade erzählte, hätte seine Phantasie nie gereicht.

»Fischverkäuferin im Einkaufszentrum, das war sie«, hatte der alte Wucherer gesagt, »sie hat bei einer Firma mitgemischt, die Fisch ins Ausland verkauft hat, auf jeden Fall irgendwas mit Fisch, von wegen Rechtsanwältin, von wegen Kontakte nach oben...«

»Wie?« sagte Carmine ungläubig. »Erinnern Sie sich, wie sie erzählt hat, daß sie eine Schülerin des großen Rechtsanwalts Tremonti sei?«

»Ja, kann ich«, sagte der alte Wucherer, »und ich muß Ihnen danken, daß Sie mir geholfen haben, endlich klar zu sehen. Sie hat mich nie um Geld gefragt, das war das Betrügerische daran. Auf jeden Fall, hier sind Ihre Papiere, die Unterlagen, die Sie der Dame gegeben haben.«

»Es ist also gar nicht wahr, daß sie Rekurs eingelegt hat?«

»Von wegen Rekurs. Schleimige Lügnerin. Schleimig, so habe ich sie genannt. Und ich habe ihr gesagt, daß sie aus dem Viertel verschwinden muß, daß sie sich hier nicht mehr sehen lassen soll.«

»Mich hat sie eingewickelt, als sie mit diesem Advokaten aus Rom angetanzt ist. Dem hat sie sicher auch den Kopf verdreht. Haben Sie noch einmal mit ihr gesprochen?«

»Ich habe sie nicht mehr angerufen, weil ich nichts mehr von ihr wissen will. Sicher hat sie auch den römischen Advokaten reingelegt, was soll ich Ihnen sagen.«

»Der schon, der Römer: das war ein echter Anwalt, ich habe es nachgeprüft«, sagte der Cattivotenente. »Auf jeden Fall hatte er ein

45

echtes Büro in Rom, was den Rest betrifft, wer weiß... Sicher ist, daß mir das, was ich in der letzten Zeit erlebt habe, für den Rest meines Lebens reicht.«

»Es ging so: Diese Lügnerin hat einen Freund um viereinhalb Millionen betrogen. Der sucht sie. Und sie ist verschwunden. Dieser Freund ist sogar nach Marigliano gefahren, zu ihr nach Hause. Und da hat er ihr kleines Geheimnis entdeckt. In der Gasse, in der sie mit ihrer Mutter wohnte, sagte man ihm, daß es da keine Rechtsanwältin namens Angela gäbe. Da gab es zwar eine, die Angela hieß, aber die gab sich mit anderem ab, mit den Fischen einer neapolitanischen Firma, begreifen Sie?«

»Da kann man sich nur an den Kopf greifen«, sagte der Cattivotenente noch und verließ das nach Kreolin riechende Büro des alten Wucherers, der allein zurückblieb mit seiner Verwunderung darüber, wie diese Stadt sich veränderte. Obwohl er, gerade er, diese Stadt eigentlich kannte, er, der Jahr um Jahr Geld verliehen und Zinsen kassiert hatte von den Verrückten, Verlorenen, Verdammten dieser Stadt, Geld an Obdachlose, Arbeitslose, Hoffnungslose ebensogut wie an glücklose Freiberufler, Advokaten, Händler, kleine Ladenbesitzer, Spieler, Wettbegeisterte, Hurenböcke, Leute ohne jegliche Skrupel und Wahrheit.

Der alte Wucherer konnte sich nur wundern und Milde, Gerechtigkeit und Verständnis anrufen. Er schüttelte leise und verärgert den Kopf. In seinem Ehrenkodex kam das, was sich die Rechtsanwältin da geleistet hatte, nicht vor. Auf seine Weise war er ein Mann, der zu seinem Wort stand, einer vom alten Schlag, der seinen Verpflichtungen nachkam und sich nicht zurückzog.

Als vor vielen Jahren ein junger Cattivotenente zu ihm gekommen war und um Hilfe gebeten hatte, ein Cattivotenente, der am Ende war, hatte er ihm in die Augen gesehen und gesagt: »Sie haben saubere Augen, nehmen Sie die zwei Millionen.« So hatte Carmine Santojanni Don Antonio kennengelernt.

Aber heute früh, wer auch immer gekommen wäre, keiner hätte auch nur eine Lira von ihm erhalten. Keiner, nicht einmal Gottvater.

13

Als der Wucherer mit den schmierigen Haaren Umberto den Portier anrief, um nach Soraya zu fragen, sagte der: »Sie haben Glück. Ich kann ein Treffen vereinbaren für Donnerstag abend, so um neun Uhr. Aber seien Sie pünktlich.«

»Ich werde da sein, Donnerstag abend um neun«, der Wucherer mit den schmierigen Haaren, ohne das kleinste Zögern.

In der Salita Concezione a Montecalvario war Maria gerade dabei, dem fünften Alten einen zu blasen; das waren dann fünfundzwanzigtausend Lire an diesem Tag, zusammen mit weiteren dreißigtausend genau die Summe, die sie brauchte, um eine Röntgenaufnahme ihres Unterleibs machen zu lassen, in einem Kabuff, das sich großspurig Privatpraxis nannte. Seit ein paar Wochen hatte sie diese Koliken; sie war einige Male im Krankenhaus gewesen, hatte sich ein paar Baralgina-Injektionen machen lassen, man hatte ihr empfohlen, auf ihre Ernährung zu achten und für eine Computertomographie wiederzukommen. Sie meldete sich dafür an, aber das Krankenhaus hatte Wartezeiten von dreißig bis vierzig Tagen. Vierzig Tage, an denen sie ihr Leben weiterlebte, für fünftausend Lire ihre Blowjobs an die Alten verkaufte, mit oder ohne Bauchschmerzen.

Carmela wiederum wartete darauf, daß ihr Cattivotenente plötzlich wie eine Heiligenerscheinung in der Gasse auftauchen würde, dieser Cattivotenente, in den sie sich verliebt hatte, obwohl sie wußte, daß er nicht wollte und nicht konnte, weil er mitten in seinem eigenen Chaos steckte.

Und trotzdem wartete sie, in der Sonne zerflossen ihre Gedanken und der Kopf des Kindes im Kinderwagen, Feuchtigkeit und Husten machten sich breit unter der mörderisch schwülen Hitze, alles wartete auf den Abend, um endlich etwas Luft holen zu können, als ob das Luxus wäre, und also zündete sie sich eine weitere Marlboro an, Rauch an ihrem schönen Gesicht.

Im Radio lief *Like a Virgin* von Madonna. Aber das war eine ganz andere Geschichte.

Willy dem schwulen Friseur ging seit der finsteren Nacht in Pomigliano der Schwanz des Machobruders im Kopf umher, der ihn erniedrigt hatte und den er längst schon liebte, er hatte die verrücktesten Dinge getan, um ihn zu finden, und als er ihn endlich am Telefon hatte, sagte der: »Du wirst mich nie mehr wieder anrufen, das erlaube ich dir nicht, Scheißschwuler… Wenn ich einen geblasen haben will, weiß ich schon, wo ich dich finde.«

Der Cattivotenente ging nicht zu Carmela, die seit einem Jahr auf ihn wartete. In diesen Tagen zwischen Schlamassel und Banken, zwischen Psychosen und Anrufen, auf die er vergeblich wartete, ging der Cattivotenente ans Meer, das verdreckte Meer seiner Kindheit, an den Strand von Ischitella. Für fünftausend Lire mietete er sich eine Liege und vergaß sich an der Sonne, seiner Sonne, seinem Meer, alleine im weiten Meer, den Blick in die Sonne, das Wasser ging ihm bis an die Knöchel, während es ihm im Leben längst schon bis zum Hals stand, er richtete ein Gebet an Gott, an seinen Gott, an den er auf seine Weise glaubte, und Gott vermischte sich mit der Sonne und mit der Sonne wollte er ihn verwechseln und er bat ihn, ihm zu helfen, er selbst konnte längst nicht mehr, war am Ende, aber noch liebte er das Leben zu sehr, der Cattivotenente, dazu liebte er sein Meer zu sehr, seine Sonne, die ihm die Haut wärmte und wieder zum Kind werden ließ, ein helles, blondes Kind, das auf der schmalen Linie zwischen Land und Meer, Wasser und Sand entlanglief, auf der Suche nach einer Mutter oder einem Schnitzel oder mindestens einem Brot mit irgendetwas drin, um seinem Hunger abzuhelfen.
    Dieser Hunger nach Leben, der ihn nie verlassen hatte. Nie.

14

Donnerstag abend, pünktlich neun Uhr, stand der Wucherer mit den schmierigen Haaren vor dem Hotel Gelsomino.

Umberto der Portier kam auf ihn zu, froh darum, daß er so pünktlich war, und teilte ihm mit, daß Soraya bereits oben auf ihn wartete. Bevor er ihn hinaufgehen ließ, wollte Umberto seinen Anteil, dann begleitete er ihn aufs Zimmer.

Soraya lag ausgestreckt auf dem Bett, mit einem Auge zerstreut den Fernseher beobachtend.

Der widerliche Portier hatte ihnen das beste Zimmer gegeben, eben das mit dem Guckloch. Er machte die beiden bekannt, zwinkerte in Richtung Soraya und ging dann nach unten.

Der Wucherer mit den schmierigen Haaren zog seine Geldtasche heraus, entnahm ihr fünf Hunderttausend-Lire-Scheine und drückte sie dem Transvestiten in die Hand.

Soraya studierte sie im Gegenlicht und gab dem Wucherer dann fünfzigtausend raus. Der war äußerst betreten, wegen der Situation im allgemeinen, wegen der Schönheit Sorayas, wegen deren Art, Charme und Anmut, wegen ihrer manikürten Hände, der aufwendig geschminkten Augen, des kurvenreichen Körpers, der in ein Kleid aus rosa Tüll gehüllt war, dessen ausgedehnter Schlitz eine atemberaubende Hüfte zur Schau stellte.

»Soll ich mich sofort ausziehen?« sagte Soraya.

»Ganz, wie du willst«, sagte er.

Soraya löschte das Licht, bis auf die kleine Lampe auf dem Nachttisch. Sie zog sich aus, behielt nur den Slip an, ein Stück blau-elektrischer Stoff um die Hüften, das offenbar eine Ausbuchtung verhüllen sollte, obwohl Soraya sich das Ding zwischen die Beine klemmte, um dessen Ausmaße zu verstecken.

»Zieh dich nackt aus«, befahl ihr der Wucherer. Um purpurrot anzulaufen, als er den Schwanz der Soraya sah.

Er zog einen Recorder aus einer Plastiktüte, legte eine Cassette ein, auf der *Nico e i Gabbiani* sangen. *Worte, es sind nichts anderes als Worte, die du mir sagst, um mich zu überreden. Was tust du?*

Sekunden später stand auch er nackt da, lehnte sich ans Fenster und verlangte, daß ihn der Transvestit mit seinem Ding von hinten nahm. Soraya schien sich wohl etwas anderes gewünscht zu haben, auf jeden Fall sagte sie: »Hier gibt's keine Männer mehr. Wir sind alle Tunten.«

Er machte sich daran, den Arsch des Wucherers mit den schmierigen Haaren unter Zuhilfenahme einer Handvoll Glycerin einzucremen und sagte: »Bist du sicher, daß es wirklich das ist, was du willst? Paß auf, du tust dir weh.«

»Ich habe gesagt, ich will ihn rein, ganz rein.«

»Dann laß uns wenigstens einen drüberstülpen.«

»Nimm mich ganz.«

Soraya drang langsam in den haarigen Arsch des Wucherers ein, während Peppino Gagliardi *Ich liebe dich und werde dich immer lieben, ganz verloren lieben* sang.

Der Wucherer mit den schmierigen Haaren stützte sich noch immer am Fenster auf, sah auf die Autos, die durch die neapolitanische Nacht rasten, diese Nacht voller Hitze, Schmuggel, Schwüle, Schweiß und Afrikaner, diese Nacht der Fußballweltmeisterschaft und der Fahnenverkäufer, und währenddessen begann sein Arsch zu reißen, Blut floß, über Sorayas Schwanz, seine Beine, ihre Füße, über den Boden zu ihren Füßen, und als Soraya das sah, erschrak sie und rief Umberto den Portier, der angelaufen kam und entsetzt auf das ganze Blut sah, das längst schon eine kleine Lache gebildet hatte und immer noch lief, während der Raum von der Musik widertönte. *Ich bin eine Frau, keine Heilige.*

Soraya schrie Umberto an: »Da hast du das Geld, mit der Geschichte will ich nichts zu tun haben, kümmer du dich drum, ich bin nie hier gewesen.«

Umberto der Portier lud den längst bewußtlosen, über und über blutverschmierten Wucherer mit den schmierigen Haaren in sein Auto, durchquerte in Höchstgeschwindigkeit die *ferrovia*, direkt auf das Krankenhaus Loreto Mare zu.

Dort lud er ihn vor dem Eingang ab, wie einen tollwütigen Hund, wie einen Pestkranken.

15

Gerade an diesem Morgen hatte er einen Satz von Cesare Pavese als Bildschirmschoner in den Computer eingegeben. Er war ihm zur Gewohnheit geworden, den Satz einmal im Monat zu ändern.

An diesem Morgen wußte der Große Boß der Großen Bank bereits, daß Carmine Santojanni vorbeikommen würde. Sie hatten eine Verabredung.

Der Cattivotenente kam gemeinsam mit Brucewillis von der *ferrovia* zu dem Treffen, und wie sie da vor dem Schreibtisch des Großen Bosses der Großen Bank saßen, konnte man sie für zwei sympathische Kanaillen halten, die zwei von der Stangata, *Les Mistons* aus besten Truffaut-Zeiten, *Bonnie and Clyde* aus dem stinkenden neapolitanischen Meer. Was zum Teufel wollten die beiden denn, blinde Passagiere im Vergleich zum Großen Boss der Großen Bank?

»Ich bin direkt zu Ihnen gekommen«, begann Carmine, »weil dieser komische Direktor der Filiale bei mir ums Eck sich als ein Bastard und Dreckskerl herausgestellt hat.«

»Ich habe gehört, es soll Unstimmigkeiten gegeben haben«, sagte der Große Boß.

»Von wegen Unstimmigkeiten... Den sollte man rausschmeißen, das ist ein Scheißnazi.«

»Beruhige dich«, sagte Brucewillis von der *ferrovia*, »er macht auch nur seine Arbeit. Du bringst Geld und Gefühle durcheinander.«

»Ich sehe, Ihr Freund hat das Problem erfaßt«, sagte der Große Boß und benützte die Gelegenheit, um dem Cattivotenente und seinem Freund den Satz Paveses zu zeigen, den er vorher in seinen Computer eingegeben hatte: *Das Handwerk des Lebens besteht darin, jedwede Schweinerei zu begehen, ohne die eigene innere Ordnung zu zerstören.*

Der Große Boß nahm den Hörer auf, rief den Filialleiter an und sagte ohne Umschweife: »Ich bin der Große Boß. Wollte dir nur sagen, daß ich ab heute den Vorgang des Herrn Santojanni persönlich übernehme.« Und legte auf.

Der Cattivotenente und Brucewillis von der *ferrovia* tauschten ein kleines komplizenhaftes Lächeln aus, Carmine stand ruckartig auf und hielt dem Großen Boß seine Hand hin, als Zeichen seiner Wertschätzung und Dankbarkeit.

Als der Große Boß dann zum Ausgang ging, gefolgt von Carmine und Brucewillis, sagte er mit aufgesetzter Nachsichtigkeit: »Aus dem Schmerz kommt das Verständnis.«

Der Cattivotenente sah ihn an, als wolle er fragen, ob er richtig verstanden hatte.

»Auf jeden Fall«, sagte der Große Boß, »es lag in meinen Möglichkeiten, und ich hab's getan. Aber es kann nicht zur Regel werden, ich bin nicht die Bank, mir gehört sie nicht, die Bank, verstehen Sie? Trotzdem: nur Mut. Versuchen Sie, der Verpflichtung nachzukommen, die Sie mir gegenüber eingegangen sind und lassen Sie mich nicht schlecht aussehen.«

»Das wird nicht passieren, seien Sie beruhigt... Sie haben das Wort des Cattivotenente.«

»Ich heiße Dora, man hat mir gesagt, daß man in Ihrem Hotel spezielle Treffen arrangieren kann«, sagte Signora Dora, vierzig Jahre alt, zu Umberto dem Portier, als sie eines Vormittags mit Einkaufstüten behängt im Hotel Gelsomino stand.

»Hängt ganz davon ab«, sagte Umberto.

Die Signora war ganz offensichtlich etwas verlegen, also hakte der Portier nach: »Was meinen Sie mit speziell?«

Signora Dora errötete, tat so, als würde sie auf die Straße hinaussehen. »Es ist, ich bin unzufrieden mit meinem Mann, er ist immer unterwegs, wegen der Arbeit, die paar Mal, die wir zusammen sind, schafft er es nicht, mich zum Orgasmus zu bringen, und deshalb...«

»Deshalb, ja?«

»Nun ja, ... Sie haben verstanden, ... nein? Eine Freundin hat mir gesagt, daß Sie mir helfen können. Sie sind doch Signor Umberto?«

»Zu Diensten. Möchten Sie einen Zwanzigjährigen, einen Dreißigjährigen, farbig, Libanese, eine Verabredung mit einem Transvestiten, ein Spiel zu dritt, zwei Frauen und ein Schwuler oder zwei Frauen und ein Wohlbestückter, möchten Sie einen voyeuristischen Rentner, einen Hengst, der Sie den Verstand verlieren läßt: das müssen Sie wissen. Die Auswahl ist, wie Sie sehen, ziemlich breit.«

»Mir reicht ein kräftiger junger Mann, der zuverlässig ist, diskret, fünfundzwanzig vielleicht, Und wenn er dann auch noch gutbestückt ist, um nicht superbestückt zu sagen...« Und sie grinste.

»Das macht dreihunderttausend Lire und für mich noch einmal fünfzig extra. Ich habe, was Sie brauchen.«

»Soviel Geld kann ich nicht ausgeben«, sagte die Signora, leicht schockiert.

»Dann müssen wir auf einen Ausländer ausweichen, gesund selbstverständlich auch der, gutbestückt, braunhaarig, grüne Augen, olivenfarbige Haut.«

»Nein, ich will einen Weißen. Ich will das, was ich Ihnen beschrieben habe.«

»Dann sind das die besprochenen Dreihundert. Sie werden sehen, daß Sie zufriedengestellt werden.«

»Sie führen mich in Versuchung.«

»Es sind Ihre Wünsche, wir sind nur dazu da, sie zu befriedigen.«

»Ist er wirklich diskret, der junge Mann?«

»Da brauchen wir gar nicht drüber reden. Das ist eine seriöse Firma, nicht ganz legal, aber seriös. Wenn Sie möchten, können wir es auch für heute abend einrichten.«

»Heute abend nicht, da ist mein Mann da... Morgen nachmittag, gegen fünf Uhr.«

»Er heißt Franco. Den Rest bestimmen Sie.«

Die Signora, sichtlich erregt, wollte eine Anzahlung hinterlegen.

»Das ist nicht notwendig«, sagte Umberto der Portier, »und vergessen Sie die Einkaufstüten nicht.« Und schlitzohrig lächelnd begleitete er die Signora zum Ausgang.

Salita Concezione a Montecalvario.

An einem schwülen Julinachmittag taucht Carmine draußen vor der Parterrewohnung Carmelas auf. Er lehnt sich schwer an die Mauer gegenüber und schaut...

Schaut das Kind im Kinderwagen an, sieht seine traurigen Augen, hört die Stimme Carmelas, die in der kleinen Küche herumhantiert und singt.

Und dann sieht er sie.

Und sie sieht ihn.

Es ist Juli. Es ist heiß, scheißheiß. Die Südsee ist weit weg, die Karibik, Paris, London, Hamburg sind weit weg. Aber von dieser Gasse aus gesehen sind auch Sorrento, Positano, Varcaturo, Mondragone weit weg.

Und Maria ist nicht da. Sie ist ins *Lido Napoli* in Lucrino gegangen. Die ganze Gasse weiß das. Seit letztem Abend wiederholte sie: »Ich habe eine *frittata di maccheroni* gemacht.« Sie hat es bis zwei Uhr morgens wiederholt, bis Carmela erschöpft ins Bett ging, um sie nicht mehr hören zu müssen. Carmelas Ältester ist bei der Tante, um in Scauri schwimmen zu gehen.

Und Carmine fängt an, mit dem Kind zu spielen, versucht, ihm ein Lächeln zu entlocken, sie schaut ihm zu und sagt: »Hast du gegessen? Du hast ein Gesicht wie...«

»Ich wollte dich sehen«, sagt Carmine.

»Seit einem Jahr warte ich auf dich.«

»Wirklich?« sagt er und ist insgeheim zufrieden.

»Du bist ein Arschloch, wenn du so redest. Du hast gesagt, ich soll dich nicht anrufen, und ich habe dich nicht angerufen, um Scherereien zu vermeiden. Aber wieso muß ich dir das überhaupt erklären?«

»Genau, warum?« sagt bitter der Cattivotenete mit mattem Blick. »Ich fühle mich allein.«

»Du, und allein? Einer wie du, der immer irgendwelche Sachen, Geschichten, Weiber und Schlamassel am Hals hat? Wenn's nur darum geht: Das habe ich bereits beim ersten Mal gesehen, daß du schwer ins Schleudern geraten bist.«

»Bist du Wahrsagerin geworden?«

»Bei dir muß man keine Zigeunerin sein.«

»Kann ich kurz duschen?«

»Wenn du dich mit dem kleinen Badezimmer zufrieden gibst..., ich besorg dir ein sauberes Handtuch.«

Oggi so' tanto allero cà quase quase me mettesse a chiagnere...
Heute bin ich so fröhlich, daß ich beinahe zu weinen anfange...

Salita Concezione a Montecalvario.

Einsam die Carmela. Einsam der Cattivotenete. Einsam das Kind. Einsam die Parterrewohnung der Carmela. Einsam die Parterrewohnung der Frau von gegenüber. Einsam die Frau von gegenüber. Einsam ihr Ehemann mit der Zuckerkrankheit. Einsam der Wurstladen am Eck. Einsam die Signora mit den zwei Handys, dem für die Zigaretten und dem für das Koks. Einsam die Tochter der Signora mit den zwei Handys, vollgestopft mit Tavor und Lexotan, »aber jetzt geht's ihr doch besser, Ihrer Mutter?«

Einsam Vico Lungo Gelso. Einsam Via D'Afflitto.

Einsam Salita Trinità degli Spagnoli.

Einsam und erschöpft die hoffnungslosen Gesichter, die dieses

Türkischnapoli bevölkern, dieses Marokko, das nichts von Marakesch weiß.

Einsam die Heiligen in den Votivkapellen. Einsam und erleuchtet, lichtbestrahlt und immerzu blumengekränzt. Einsam die Mülleimer. Einsam Vicolo Teatro Nuovo.

Einsam die Seele dieser überfüllten, fettleibigen, dreckigen, stinkenden Stadt, diese Stadt derer, die's besorgen und die sich's besorgen lassen, der Alten und der Weibchen, der Transvestiten, die sich an die Feuer des Heiligen Antonio in Forcella erinnern, der griesgrämigen Tunten, die nur aus ihren Parterrewohnungen herauskommen, um zu schreien und einen der Jugendlichen zu beschimpfen, der seine Vespa gerade vor ihrem Fenster geparkt hat.

Einsam und syphillitisch die Mignonette, ein alter und leicht entrückter Transvestit mit der Stimme der großen Gilda.

Einsam die zwei Singhalesen, die in ihrer Parterrewohnung gerade versuchen, sich in den Telefonverteiler einzuklinken, einsam und verzweifelt die Chinesen, die in der Via Speranzella wohnen, auf- und übereinander, und die wie die Sklaven arbeiten und schlimmer, in der illegalen Lederwarenfabrik in Capodichino, die dem Wucherer Ciro Napoli gehört, der ihnen zehntausend Lire am Tag gibt und sie dafür von acht Uhr morgens bis acht Uhr abends schuften läßt, eine Viertelstunde, um kurz was zu essen: nehmen oder bleibenlassen.

Einsam der Jamaikaner, der versucht, für zwanzigtausend Lire eine Dosis Heroin zu verkaufen, was zum Teufel macht der in der Via Francesco Barracco, er, der in Kingston geboren ist, wieso hat er sein Land verlassen, in das alle sofort auswandern möchten, um es einzutauschen gegen diesen Gestank von Ratten und Latrinen und verstopfter Kanalisation, und die Signora Concetta bietet ihm eine Tasse Kaffee an, weil sie sieht, wie einsam er ist, einsam und traurig und einsam, in dieser Gegend, wo du in Weinschenken noch den Halbliter und den Viertelliter findest, und um die Hitze und die Langeweile und die langen Tage totzuschlagen, besaufen sie sich mit billigem Wein, weil es das einzige ist, was sie in ihre Venen pumpen können.

Einsam diese Stadt am Meer, dieser Hafen, in den eigenartige

Frachter einlaufen, diese Stadt, die man lieben muß, aus der man flüchten muß, in die die Menschen kommen, um ihre Verletzungen zu pflegen, und schließlich bleiben sie und verschieben ihre Abfahrt, die eigentlich fest eingeplant war.

Wie der junge Rumäne, eisige Augen, drahtig kräftiger Körper, »alle wollen meinen Schwanz und sagen: Willst du eine Arbeit? Und dann wollen sie mich ins Bett holen. Aber solange ich Kraft habe, um zu arbeiten, will ich schuften, und überhaupt, wie viele von diesen Scheißschwulen gibt es denn eigentlich in Italien? Ich will eine Familie haben, von wegen schwul… Ich will mein Geld nach Bukarest schicken, zu meiner Mutter, hier habe ich alles schon gemacht, den Gärtner, den Maurer, den Anstreicher, den Kellner, alles. Dann habe ich einen getroffen, der mir einen Job bei einer Versicherung besorgt hat. Die würden ja auch gut bezahlen, wenn das Geld wirklich für mich wäre. Ich bekomme zwei Millionen Lire, eine Million sechshunderttausend muß ich ihm geben, mir bleiben dreihunderttausend. Er hat gesagt: nehmen oder bleibenlassen.«

Napoli. Das Napoli derjenigen, die nehmen oder bleibenlassen müssen. Das Napoli derjenigen, die keine Wahl haben.

Das Napoli der Elfenbeinküste, der Kapverden, Tunesiens, das Napoli Algeriens, Kairos, Agadirs.

Napoli des Mittelmeers, das sein Salz in die entzündeten Wunden der Via Cristallini, Via Vergini, Piazza Sanvincenzo alla Sanità, Via Torino, Via Genova, Via Sergente Maggiore, Salita Cariati, Gradoni di Chiaia, San Anna di Palazzo reibt.

Napoli, das seine Einsamkeit mit der Einsamkeit des Mittelmeers vermengt, das Farben, Lieben, Gerüche und Dialekte, Schweiß, Sperma, Wunden, Nächte, Morgendämmerungen, Blut, Brandy, Anisschnaps, Kaffee, Rhum und Limoncello vermischt, das Porta Capuana mit Havanna vermischt und Calle Empedrado mit der Via Medina verbindet und von da aus kann man schnurgerade auf die *ferrovia* sehen, man hört sie schon, schon zittert man, schon hofft man. Abreisen, ankommen, umarmen, abhauen, verdealen, verkaufen, verhandeln, schmuggeln, ausbeuten, vögeln, blasen.

Napoli, unsere tagtägliche *ferrovia*.

Abfahrt der ziellos irrenden Seelen, der verlorenen, verschwitzten, verwischten Seelen, geschmuggelte albanische Seelen, die aus Valona geflüchtet sind auf der Suche nach dem italienischen Traum, den sie im Fernsehen gesehen haben.

Napoli der Salita Concezione a Montecalvario.

Unter der Dusche der Carmela wäscht der Cattivotenente seine Einsamkeit, jetzt, wo Mirjam ihn verlassen hat und seine erste Frau ihn weder hören noch sehen will.

Und die Banken sitzen ihm im Nacken und die Wucherer geben keinen Frieden und die Freunde, wo sind die Freunde? Und diese Scheißzustände hängen an ihm und er versucht, sie abzuwaschen unter der Dusche im *basso* der Carmela, die heute glücklich ist, als ob Karneval wäre, für sie ist das der Tag der Bescherung und Sylvester und Weihnachten.

»Soll ich dir einen Teller Spaghetti machen?«

Und ohne noch seine Antwort abzuwarten, nimmt Carmela die *pomodorini*, drückt sie in die Pfanne, zusammen mit dem Basilikum, dem Knoblauch und dem Öl, und sie setzt ihre ganze Liebe drein, die sie seit ewig in sich hat, und sie ist glücklich an diesem Julitag, an dem die Pariser die Erstürmung der Bastille feiern. Und sie feiert mit diesem Cattivotenente, der vor ihrem *basso* aufgetaucht ist, nach ihr gesucht hat, nach einem bißchen Zärtlichkeit, etwas Zuneigung, einem kleinen Wort, einem Lächeln, nach jemandem, der zur Abwechslung einmal etwas von ihm will, ohne gleich auch etwas anderes zu wollen. *Bring mich ans Meer, laß mich träumen, und sag mir, daß du nicht sterben willst,* singt es aus dem Radio, und Carmine sieht aus wie ein amerikanischer Schauspieler, mit diesem grünen Handtuch am Leib, etwas klapprig und etwas glücklos, aber für Carmela, die an andere Drehorte, andere Szenen, andere Filme und andere Schauspieler gewöhnt ist, sieht er immer noch aus wie ein amerikanischer Schauspieler.

Und die Spaghetti sind fertig, und an dem Tisch, von dem aus man durch die offene Tür auf die Gasse schauen kann und auf das Heilige Antlitz über der Tür, an diesem Tisch fühlen sich Carmela und Carmine wie bei *Chez Maxim*. Was ist schon Paris? Und gibt es außerhalb dieses Lebens noch ein anderes? denkt Carmela, sagt es aber nicht.

Statt dessen sitzen sie in den Quartieri Spagnoli.

Napoli, Juliabend, vorgezeichnete Zukunft, sie Zigarettenverkäuferin mit einigen Dingen in ihrer Vergangenheit, die man sich verzeihen lassen muß, er Schlamassel und draufgängerisches Leben, kein Geld, und ein übriggebliebener Spaghetto singt in ihre von Zorn, Seife und Einsamkeit entzündeten Augen.

... voce 'e notte te scete 'nda nuttata ... ooè ... ooè
... Stimmen der Nacht wecken dich nächtens ... ooè ... ooè

Es sinkt die Nacht herab auf die Salita Concezione a Montecalvario.

Es sinkt die Nacht herab auf diese zwei Einsamkeiten, während aus den *bassi* rundherum die Gerüche von Peperoncino und Melanzane und *pomodorini* und Basilicum und *frittate di cipolla* aufsteigen, und eine Paella, was ist das?

Sommer ohne Ende und ohne Ruhe für die, die nicht aus dem Haus können, sich nicht von zu Hause entfernen dürfen, die sich nicht losmachen können von ihren Verlegenheiten, Verpflichtungen und Verurteilungen zum Hausarrest.

Sommer ohne Ende für die, die vor ihren *bassi* sitzen und sich Luft zufächeln, breitbeinig, überall Hitze, in den Körperöffnungen und am Fettgürtel, in den Krampfadern und der Azotämie, in den Seufzern und den ausgemergelten Blicken, in den Zärtlichkeiten der blutjungen Mädchen, die bereits dazu verdammt sind, die Luft anzuhalten und vorsichtig einzuatmen, um Schluck für Schluck dieses schöne und verfluchte Leben zu kosten, das vor ihnen liegt, und ihren Jeans, Sandalen, Stöckelschuhen, der minderwertigen Wimperntusche und dem billigen Make-up. Gerüche eines Sommers für die, die kein anderes Meer kennen als das Meer, das Napoli nicht umspült und nie umspült hat.

Partono 'e bastimenti pe' terre assaje luntane ...
Die Schiffe laufen zu fernen Ländern aus ...

17

Ciro Napoli, der Wucherer, war fett, dickleibig, unbeweglich und kurzatmig. Aber er liebte das Geld, und man kannte ihn im Viertel. Der Schweiß lief überall an ihm herab, aber er hielt nie still. Er trug schulterlanges Haar, trotz seiner dreiundsechzig Jahre. Die verschwitzten Haare brachten ihn dazu, sich unablässig zu kratzen, und andauernd spuckte er aus.

Er fluchte über die Chinesen, die seiner Meinung nach nie genug arbeiteten. Und er fluchte über die italienischen Arbeiter, fluchte und zog seine Kreise durch die Lederfabrik, wo man sommers vor Hitze zerging, ohne Ventilatoren, ohne Belüftung, und wo man winters vor Kälte verreckte.

Er schimpfte auf die Lieferanten, die Nervensägen, die Kunden, die dauernd anriefen, um zu erfahren, ob die Ware bereit sei.

Er schrie, wenn er am Telefon mit jemandem zu tun hatte, der ihn um Geld anging, der einen Scheck zu Bargeld machen wollte, niemals sagte er nein zu irgendeinem, aber nicht, weil er so gütig gewesen wäre, sondern wegen seiner Geldgier. Er versuchte, Zeit herauszuschlagen, war unvorhersehbar, veranstaltete das größte Chaos, und wenn er gerade guter Laune war, tat er dir den Gefallen und du mußtest nur einmal vorbeikommen. Wenn er allerdings schlecht drauf war, fiel es ihm ein, dich vier-, fünfmal zu bestellen, und dann ließ er dich hängen...

Er lachte nie, hatte immer eine wütende Miene aufgesetzt, hielt den Blick tief, den Blick eines Schwächlings.

Schwach war auch der Cattivotenente. Obwohl es ihn nervte und er sich geschworen hatte, nie mehr hierher zurückzukommen, gab er öfters der Versuchung nach, wenn er in Poggioreale vorbeikam, bog ab und besuchte Ciro Napoli in seiner Lederfabrik.

»Du mußt mir glauben, du bist der einzige Mensch, dem ich diesen Gefallen tue«, sagte der Wucherer Ciro zu Carmine. Und schrie wieder seine Leute an: »Ich bezahle das Leder! Los, arbeitet, vergeudet meine Zeit nicht.« Dann sagte er zu Carmine: »Ruf mich um drei an... Komm in zwei Stunden wieder... Ich warte heute abend auf dich, um sechs..., vergiß nicht, pünktlich um sechs, sonst bin ich nicht mehr da... Komm morgen früh um acht, dann ist das Geld da.«

Das waren seine Standardsätze. Sobald der Cattivotenente einen dieser Sätze hörte, wußte er, daß es sinnlos war.

Er würde das Geld niemals bekommen.

Aber Ciro, der Wucherer, hätte nie gesagt: Es geht nicht. Niemals. Er versteckte sich hinter seiner Art, Zeit herauszuschlagen, auch dann, wenn er wußte, daß nichts ging.

»Ruf mich heute um drei an«, hatte er an diesem Vormittag zum Cattivotenente gesagt, aber der war es längst müde geworden, zum Spielball gemacht zu werden, und hatte beschlossen, daß er diesen Rettungsring fallenlassen würde. Aber der Wucherer von der *ferrovia* war in Schwierigkeiten, und der Wucherer mit den schmierigen Haaren hatte sich verleugnen lassen..., es war wirklich eine verdammt dunkle Zeit für den Cattivotenente. Er hatte längst begriffen, daß seine aufgeregte Art seine üblichen Wucherer verängstigt hatte, jene, die er seit Jahren kannte. So ging das nicht weiter, so funktionierte das nicht mehr. Er mußte sich und sein Leben einbremsen...

Aber es war das einzige Leben, das er kannte, das er leben konnte, das einzige, das ihm wirklich zustand.

Und trotzdem mußte er diesem Leben einen Zaum anlegen.

Er konnte nicht mehr leben mit diesen Aufregungen und Ängsten und der Türklingel, die ihn jedes Mal erzittern ließ.

Er konnte sich nicht mehr durchs Leben schlagen, indem er diesen Scheißkerlen vertraute, die im Dschungel Napolis keinen Augenblick lang zögerten, sogar die eigene Mutter zu verscherbeln, ein Stück ihrer Leber oder eine Niere, nur um zu überleben.

Der Juni hatte ihn vollkommen erschöpft, und der Juli war gerade dabei, ihn unter sich zu begraben.

Er hatte Lust auf Urlaub, der Cattivotenente, aber es gab keinen Urlaub für ihn und kein Geld für den Urlaub, den Kopf dafür schon gar nicht, obwohl ringsherum diese feuchte Schwüle wie eine Glocke über der Stadt hing und sie nicht zu Atem kommen ließ, die Stadt war ein Backrohr, ein mörderisch glühendes Backrohr. Und trotzdem war da die Lust darauf, ein paar Schritte zu gehen, herumzustehen und aufs Meer zu sehen, sich in der Vielzahl der Rassen zu verlieren, der Stimmen und Hintern, der *gelati* und *sorbetti*, der Glatzköpfe, Kioske und Gebräunten, der Motorräder, Sandalen, Linienschiffe, Neuwagen, der Badetücher und der *granite* mit Erdbeer und den Radios, die lautstark *junglemusic* und die Melodien der kleinen Stadtsender spielten.

Das alles in der unmöglichen Schwüle eines Sonntags Ende Juli, in einer Stadt voller Anna, Annarella, Nannina, Nanninella, Annuccia, Annina, Annarè, Ninuccia am Tag der heiligen Anna, einem Tag voller Tüten, Cremeschnitten, Saint-Honorés, Profiteroles, Mandelgebäck, *caviglie*, Eis, Schleckereien mit Zitrone, Erdbeere, Schokolade und was sonst noch alles dazu diente, die ausgedörrten Gaumen zu erfrischen, die das Leben, der Juli, und dieser unerträgliche Sonntag der heiligen Anna hinterlassen hatte.

Unerträglicher Sonntag, den man an den Stufen der Via Gesù e Maria verbrachte, nahe dem Abstieg, der von der Via Salvatore Rosa zur Piazza Dante führt.

Draußen auf den kleinen, illegal errichteten Terassen, draußen vor den Parterrewohnungen, die direkt an den Treppen liegen, als ob es kleine Buden wären für diejenigen, die nie das Seine-Ufer oder Ipanema sehen würden.

Draußen, auf einem kleinen Absatz vor dem *basso,* sitzen Annuccia und Gennaro und tauschen Liebesversprechen aus, ewige Liebe, Zärtlichkeiten, Liebkosungen, »und Liebe, Liebe, und wer wird je uns trennen können?«

Sie träumen mit offenen Augen, die beiden Zwanzigjährigen, sie zukünftige Hausfrau, er Maurer, sein Vater wird ihnen bei der Hochzeit unter die Arme greifen, und ihre Familie wird tun, was sie kann, also nichts, weil sie nichts haben, nichts wissen, nichts besitzen, nichts erhoffen. Weil Annuccia nämlich bereits schwanger ist und diese Hochzeit stattzufinden hat, auf alle Fälle, was würden die Leute sonst sagen, denken, tratschen, schwatzen.

Die Stufen der Via Gesù e Maria.

Und Gennaro und Anna scheinen wie Jesus und Maria, an diesem unerträglichen Julisonntag, an diesem amazonischen, karibischen, tropischen Tag, an dem die improvisierten Fächer und die klapprigen Ventilatoren alles versuchen, um kleine Wellen frischer Luft zu erzeugen, vergeblich, für die Klatschweiber, die aufgereiht vor ihren *bassi* sitzen mit Schweiß in den Haaren, Gesichtern, Falten, Wunden, Hängebrüsten und ihrem von den Jahren, Geburten, Hebammen, Engelmacherinnen, Abtreibungen, Löffeln und Petersilie verwüsteten Geschlecht.

Und in den *bassi* an den Stufen der Via Gesù e Maria feiert man den Tag der heiligen Anna, den Namenstag Annuccias, und Gennaro hat Cremeschnitten, *babà*, Viennetta und Eis mitgebracht, und sie feiern auch das neue Auto Gennaros, einen blauen, wunderbaren Punto, den sich Gennaro lange erträumt, gewünscht und ersehnt hatte.

Ziegel, Kalk, Doppel-T-Eisen, Schaufeln, Betonmischer, Erde, Fliesen, Schubkarren, Zement, Ziegel, Zement, Hitze, Baustelle, Neuwagen, Punto, blau oder rot, Zement, blau ist schöner, Zement, Annuccia, Stufen an der Via Gesù e Maria, er selber Vico al Olivello in Montesanto, dem Viertel gleich nebenan, Zement, Kalk, Ziegel, Vorarbeiter, verdreckte Klamotten, Annuccia schwanger, der Neuwagen, Kalk und Kalkkübel, Steine, Steine, Ziegel, heilige Anna, JesusMaria, eine Dusche, die Süßigkeiten, die *babàs*, Gennaro und Annuccia, die vor dem *basso* auf den Stiegen sitzen, »ich liebe dich, ich liebe dich, ich werde dich nie verlassen, wer soll uns auseinanderbringen, und wie nennen wir sie, wenn's ein Mädchen wird? Es wird ein Junge, ich spür's, ein Junge«. Kalk, Ziegel, Erde, Steine...

Und er wird schon vorbeigehen, während man ißt, dieser lange, schwüle, zum Zerreißen gespannte, unerträgliche Nachmittag eines unerträglichen Anna-Tages.

Tag der heiligen Anna für den, der zurückgeblieben ist, der sich nie vom Fleck rührt, der sich nicht bewegen kann, verschwinden kann, der nicht fehlen darf, für den, der sich kümmern muß, pflegen, beobachten, bewachen, schauen...

Tag der heiligen Anna der Parterrewohnungen, der Fensterrahmen, der verschlossenen Türen, der Badewannen voller Wasser, um die Füße etwas zu kühlen, Tag der heiligen Anna, an dem man besser nichts ißt, das haben sie sogar im Fernsehen gesagt für die, »die sich noch trauen, den Fernseher anzumachen«, Tag der heiligen Anna der Gebärenden, Tag der heiligen Anna derer, die ihr Gewissen erleichtern müssen, voraussehbare Kinder, vorhersagbare Spitzbuben, vorhersagbare Junkies, vorhersehbare Verzweifelte, Kinder, die man nehmen und anderen zuweisen wird, weil die Mutter süchtig ist und der Vater ebenso, KinderKinderKinder, Kinder dieses Tages der Heiligen Anna, die das alles weiß, sieht, zuschaut und geschehen läßt.

Stufen an der Via Gesù e Maria.

Und nach dem Mittagessen werfen die einen sich aufs Bett, die anderen auf einen Liegestuhl, die einen spülen die Teller, die anderen den Boden, die einen machen Kaffee und warten darauf, das Paket mit den Süßspeisen zu öffnen, die anderen setzen sich vor den *basso* und schauen ins Leere, ins Nichts, in die Hitze, und der Blick auf die Wände, die sich schälen, verliert sich und wird nachdenklich und träumt wohl von einem anderen Leben, von einem Leben, das es nicht gibt, das weit weg ist, einem farbigen Leben voller schöner Dinge und noch schönerer Prinzen, voller Schlösser und Luxuslimousinen und Kaviar und Berg Meer Fluß Ski Schnee Aprèski Meer Meer Meer Boote Sonne Sonnenbrand Obenohne Salz Salz Salz…

Das Auto Gennaros ist unten in der Gasse geparkt, aus den Augenwinkeln heraus hat er es im Blick, seit heute morgen hat er mindestens dreißig Mal nach ihm gesehen.

Dann zieht er sich von seinem Beobachtungsposten zurück und Annuccia zieht auf, in dieser Gegend darf man keinen Augenblick lang unaufmerksam sein, sonst bist du dran. Auch wenn der Sonntag heute ziemlich ruhig ist, außerdem ist da die Alarmanlage, und überhaupt kennt hier ein jeder jeden, aber was weiß man schon.

Und derweil zieht sich der Nachmittag noch lange hin.

»Möchten Sie eine Scheibe Melone?« sagt Annuccias Mutter zu der Frau von der Parterrewohnung gegenüber.

»Bloß nicht. Wer hat mich nur dazu gebracht…? Ich bin zu meiner Schwiegertochter zum Essen gegangen, mir liegt der ganze frittierte Fisch immer noch im Magen, nichts, gar nichts hab ich verdaut.«

»Wer weiß, wieviel davon Ihr gegessen habt.«

»Zwei, zwei… zwei *calamari*, zwei von diesen minderen kleinen Fischen, zwei Meerbarben, zwei kleine Kraken, zwei *gamberi*…«

»Und sonst nichts? Ich komme ja nur darauf, weil Ihr zwei und zwei gesagt habt… Oder wolltet Ihr zwei Kilo sagen, nur für Euch? Hier, nehmt die Melone, frischt Euch etwas den Mund damit auf.«

»Bloß nicht, die legt sich mir noch auf den Magen.«

»Ich bitte Sie, Signora, das ist eine Wassermelone. Sie hilft Euch höchstens aufs Klo.«

»Hört mir damit auf, seit zwei Tagen ist mein Klo verstopft, ich habe sogar den Klempner gerufen, und der: Ich komm schon, ich komm ja schon; seit zwei Tagen geht das so.«

»Wenn Ihr Bedürfnis habt, bitte…«

»Ihr erlaubt?«

»Ist ganz Eures.«

»Ein schönes Paket mit Süßigkeiten habt Ihr da…; apropos, Glückwünsche an Annuccia.«

»Wenn Ihr noch etwas bleibt, nachher öffnen wir es und Ihr kostet davon.«

18

Scintillone und der treue Vincenzo fuhren an diesem Sonntagvormittag an den Sandstrand von Bagnoli, direkt unter das aufgelassene Totem des Italsider-Stahlwerks auf der Straße nach Coroglio.

Sie breiteten sich auf der Liegewiese direkt neben der riesigen Landungsbrücke aus, da, wo früher einmal die Schiffe Eisen abgeladen hatten für das Fabrikmonster.

Über den Strand waren Liegen und Sonnenschirme verteilt und aus einem kleinen Pavillon hörte man Pino singen: *Voglio 'o mare ... 'e quattro 'a notte mmiezzo 'o pane.* – *Ich will das Meer, und um vier Uhr morgens ein halbes Brot.*

Sie fühlten sich wie zwei Fremde in der eigenen Stadt, Scintillone und der treue Vincenzo.

Sie hatten sich den Stoff gegeben an der Ausfahrt der Via Cumana, dann hatten sie sich, auf schwankenden Füßen und betäubt, in der Sonne auf die Suche gemacht nach dem Tedesco, dem Deutschen, der werweißwie aus dem aostanischen Cavalleggeri gekommen war und Scintillone besten Stoff versprochen hatte.

Der hatte für sich bereits beschlossen, einen ordentlichen Teil für sich abzuzweigen und den Rest zu verschneiden und zu vertickern. Der Tedesco selbst hatte gesagt, er schulde Scintillone das gute Zeug, weil der ihm einmal einen großen Gefallen getan hatte.

Es lohnte sich also für Scintillone und den treuen Vinzenzo, an diesem sonnig schwülen Sonntag der heiligen Anna an den Strand zu fahren und sich unter die Familien, Alten, Kinder, Schwuchteln und die Jungs zu mischen, die auf einem kleinen Platz Fußball spielten.

Kurzgeschorene dunkle Jungs, brasilianisch braungebrannt; das Meer war das, was es war, schwarz, dreckig, ölig; und dann war da das Fabriksmonster in ihrem Rücken wie in einem postindustriellen Szenenbild, und die paar Kräne und die Kamine, die jahrelang Gift in die Luft und die Lungen der Einwohner Bagnolis und der Umgebung gepumpt hatten, setzten sich von den gepflegten Beeten mit den Zwergpalmen ab.

Nach dem Spiel zogen die kurzgeschorenen, dunklen brasilianischen Jungs los mit ihren Turnschuhen und den verschwitzten Shirts und Unterhemden und stürzten sich ins Meer, und die Kinder dieser Stadt hießen weiterhin Ciro, Mimì, Gennaro, Eduardo, auch wenn sie von Eduardo de Filippo nichts oder nur mehr wenig wußten.

Ihr Napoli hatte andere Farben, andere Schultern, andere Bizepse, andere Muskeln, ein anderes Lächeln, es schien ein *Baywatch* zu sein, in dem sich die Sprachen mischten, und die aus Coroglio scherzten mit den NATO-Amis, und die Frauen aus der Via Enea, auf deren verdorrten Gesichtern noch das Feuer des Stahlwerks Italsider leuchtete, lagen ausgestreckt auf ihren Handtüchern und schienen an diesen Orten verlorenzugehen, die so lange nicht mehr ihre Orte gewesen waren, wie das Meer, das langsam, langsam wieder zum Meer wurde, wenn auch ein öliges, undurchsichtiges, braunes, und Plankton, was war das?

Und in dieser sonntäglichen Bucht zwischen Napoli und Pozzuoli, die von Florida, Miami, California und Key West nichts wußte, sahen sich Scintillone und der treue Vincenzo verwirrt um, während atemberaubende Göttinnen an ihnen vorbeizogen, jedes der enganliegenden Strandtücher und jeder Bikini ein Ausrufezeichen auf ihren Hintern.

Die beiden sahen sich andauernd um, aber von dem Tedesco war nirgendwo auch nur ein Schatten zu sehen. Scintillone begann schon zu schielen bei diesem dauernden nach linksrechtsvornhintenobenunten linsen, Vicenzo sagte nur mehr: »Ich schmeiß mich kurz ins Meer.«

»Paß auf die Klippen auf«, sagte Scintillone, beinahe schon liebevoll sorgender Vater.

»Klippen?«

»Unter Wasser, ja. Dir geht's jetzt schon nicht besonders gut.«

»Hört, hört, wer da spricht«, sagte Vincenzo und stürzte sich dann in die Kloake, die früher einmal ein Meer gewesen war.

Und Scintillone sah sich weiter um, wo ist der Scheißtedesco?

Dann entdeckte er ganz in der Nähe eine Louis-Vuitton-Tasche, die offen stand. Sonnentücher, ein Radio, ein Walkman, Tennisschuhe, ein Designer-Poloshirt und eine junge Frau, die das alles so liegengelassen hatte und ans Wasser gegangen war, wo ihre Leute gerade auf einem Boot in die Bucht einliefen.

Die junge Frau verschwunden, Scintillone näherte sich unauffällig dem Sonnenschirm und der Tasche. Als er aus dem Augenwinkel heraus eine Brieftasche entdeckte, auch die ein Vuitton-Stück, aber wer konnte das schon so genau sagen, bei all den Nachahmungen und Fälschungen, die am Markt waren und ihm war's sowieso scheißegal, und also ließ er gekonnt und wie zufällig sein Handtuch von der Schulter fallen, griff blitzschnell nach der Brieftasche und Amen.

Scintillone ging vor an den Strand, rief nach Vincenzo, der sich von dem Dreckswasser abkühlen ließ, und winkte ihm, aus dem Wasser zu kommen.

Der treue Vincenzo, überzeugt davon, daß Scintillone endlich den Tedesco gefunden hatte, hetzte an Land.

»Und, ist er gekommen? Alles in Ordnung?«

»Alles in Ordnung. Laß uns gehen«, sagte Scintillone und machte, daß er fortkam, den treuen Vincenzo schlaff im Schlepptau. Scintillone sah wie irr nach links und rechts, wollte sich vergewissern, daß niemand den Diebstahl entdeckt hatte, und gleichzeitig immer noch nach dem Tedesco Ausschau halten, zwei Fliegen mit einer Klappe schlagen, aber nein: keine Spur vom Tedesco, wer weiß, wo der bei der Hitze geblieben war...

Als sie den Lido verlassen hatten, sagte Scintillone zu dem treuen Vincenzo, der etwas zurückgeblieben war: »Mach schon vorwärts, beweg dich.«

»Was ist denn so eilig?«

»Hör zu, *bello,* ich bin hergekommen, um zu arbeiten, und nicht zum Schwimmen wie du, also los, und tu das, was ich dir sage.«

Der treue Vincenzo kannte seinen Scintillone und hatte verstanden, daß er irgendein Ding gedreht hatte, aber mehr auch nicht. Bis sie sich in den Toreingang eines heruntergekommen Gebäudes gedrückt hatten und Scintillone nach links und rechts linsend die Brieftasche herausholte.

»Wo hast du denn die her?«

»Hat mir der Storch gebracht.«

Und gleichzeitig wühlte er und brachte Geldscheine, Kreditkarten, Ausweise, Scheckheft und anderes zum Vorschein. Stopfte sich alles in die Hosentaschen, ließ die Brieftasche verschwinden und ging wieder auf die Straße hinaus, ganz wie einer, der sich eben mühsam von dieser Hitze, der drückenden Luft und dem mörderischen Mix aus Schwüle und Ozon erholt hatte.

»Jetzt brauchen wir nur noch ein Auto, und dann geht's ab in den Urlaub«, sagte er.

»Und der Tedesco?« sagte der treue Vincenzo.

»Der soll bleiben, wo er ist. Da kümmern wir uns drum, wenn wir wieder zurück sind.«

Sie hatten eine Million dreihunderttausend Lire in Scheinen erbeutet, drei Kreditkarten und das Scheckheft. In ihren Händen konnte daraus Gold werden, dazu mußte man das Zeug nur entsprechend in Umlauf bringen; das Scheckheft war auch noch komplett, ein wahres Schlaraffenland, vor allem, wenn man wußte, daß ein einziger dieser Zettel im Juli gutes Geld brachte. Und im August das dreifache.

»Bis wir uns das Auto besorgt haben und bis wir uns an unser Glück gewöhnt haben, schreiben wir den ersten August«, sagte Scintillone zum treuen Vincenzo.

»Na und?«

»Wenn du mich fragst, bist du ziemlich zurückgeblieben..., und alt wirst du inzwischen auch. Nix begreifst du, auf Anhieb schon gar nicht. Oder es kommt von dem ganzen Scheißzeug, das du dir gibst.«

»Ich?« sagte der treue Vincenzo, grinste und gab dem alten Scintillone einen Schubs.

19

Dieser Nachmittag hört nie mehr auf.

Und Gennaros Auto steht direkt in der Gasse, er beobachtet es, und außerdem gibt es noch die Alarmanlage.

Und der Sonntag ist leer, lang, lautlos, heiß und fettig, und ringsherum steigt der Geruch von Frittiertem auf, vor allem der von Fisch.

Geruch und Gestank, den man nur schwer wieder loswird.

Wie diesen Nachmittag.

Der auch für Scintillone und den treuen Vincenzo nur langsam vorbeigeht.

Die gerade dabei waren, Gennaros Auto aufzubrechen.

Den Neuwagen mit der neuen Stereoanlage und den Jovanotti-Cassetten.

Das Auto war innerhalb eines Augenblicks aufgebrochen, dank der fachmännischen Fähigkeiten des treuen Vincenzo.

»Und falls die Alarmanlage angeht, hab ich sie in drei Sekunden lahmgelegt«, hatte der treue Vincenzo grinsend zu Scintillone gesagt, weil der sich Sorgen gemacht hatte.

Die Alarmanlage geht los.

Der treue Vincenzo lacht nur. Und wird dann stinkwütend. Weil er das Scheißding eben nicht lahmlegen kann.

»Scheißexperte«, verspottet ihn Scintillone. »Beeil dich, los, beeil dich.«

Und die Alarmanlage heult und heult.

Gennaro ist wie ein Blitz auf den Beinen.

Mit einem Messer in der Hand. Einem großen, langen. Einem riesigen Küchenmesser.

Und läuft, der wütende Gennaro. Kommt an seinem Auto an, mit den Augen eines Irren.

Der Augenblick, um das aufgebrochene Auto zu sehen.

Der Augenblick , um das geschändete Heiligtum zu sehen.

Der Augenblick, um nichts mehr zu verstehen.

Nicht einmal, daß der treue Vincenzo in seinem Rausch ihm das Messer aus der Hand nimmt.

Der Augenblick, um sich einen Messerstich im Unterleib einzufangen. Gennaro. Heilige Anna. Jesusmaria.

Er liegt neben dem Wagen. Gennaro. Sein Blut neben dem Wagen.

Die Alarmanlage hört auf zu heulen.

Die Leute stürzen aus den umliegenden Gassen. Schreie. Rufe. Bestürzung. »Krankenhaus!« ruft jemand. »Rührt ihn bloß nicht an!« ein anderer.

Scintillone und der treue Vincenzo haben sich aus dem Staub gemacht. Sind verschwunden. Wie weggeblasen.

»Das ist nichts«, sagt Gennaro, während das Blut in Strömen fließt, wer weiß, was sie ihm da aufgeschlitzt haben, dann die rasende Fahrt ins *Vecchio Pellegrino* und direkt in den OP, es ist inzwischen sechs Uhr an diesem nie vorübergehen wollenden Nachmittag, da kommt der Chirurg aus dem Operationssaal und sagt, daß Gennaro es nicht geschafft hat.

Nachmittag der heiligen Anna, heilige Anna der Annuccia, schwangere Annuccia, die Süßigkeiten stehen noch auf dem Tisch, der *Punto* ist blutversaut, die Jovanotti-Cassetten liegen immer noch auf der Straße, Gennaro ist nicht mehr, Annuccia spricht nicht mehr, und auf den Treppen der Via Gesù e Maria, der Via F. S. Correra, der Piazzetta Cappelluccia stehen sie ratlos.

Über allem die Hitze. Und über jedem.

Und ein Faden Blut aus dem Unterleib der Annuccia.

Ein Stuhl. Zuckerwasser. Wie spät ist es? Es wird die Hitze sein. Ruft einen Arzt!

Die Süßigkeiten, der *Punto*, der Sonntag der heiligen Anna, Gennaro ist nicht mehr, sein Vater kommt, und dann seine Mutter und seine Brüder, und Annuccia bleich und wird immer bleicher, die Treppen und Jesusmaria und der Julisonntag, Blut auf Gennaro und Blut aus dem Leib der Annuccia.

Sie hat ihre beiden Lieben verloren, Annuccia, beide auf einmal, die Angst, der Schmerz, der Stoß, der Stoß... Und die fetten und die mageren Nachbarinnen stehen ratlos...

Sie hat ihre beiden Lieben verloren, der Schmerz bleibt ihr, die Blässe, der *basso*, die Worte, der Abend der heiligen Anna, die Carabinieri, der Stoß, die Süßigkeiten, die verdammten Süßigkeiten...

> *Amaro è 'o core pecchè nun sape*
> *chello cà ha dà fa*
> *si ha da tremmà pe tè*
> *o s'ha dà fermà...*

> *Traurig ist das Herz, weil es nicht weiß*
> *was es tun soll*
> *soll es um dich zagen*
> *oder soll es aufhören zu schlagen*

20

Die Signora Dora tauchte wieder im Hotel Gelsomino auf und wollte ein neues Treffen mit Franco, dem jungen Mann, der sie so sehr berauscht und befriedigt hatte.

Umberto dem Portier war das klar, er sah der Frau in die Augen und sagte: »Ich weiß nicht..., es sieht ganz so aus, als ob dieser Franco keine Lust mehr hätte...«

»Wie bitte?« fragte Signora Dora ebenso naiv wie ungläubig.

»Ich kann versuchen, noch einmal mit ihm zu reden. Aber ich glaube, es ist eine Geldfrage...«

»Ich bin zu allem bereit«, antwortete die Signora.

»Ich habe es Ihnen doch gesagt, daß Sie zufrieden sein werden. Aber wenn Franco nicht will, kann ich Ihnen einen anderen besorgen, einen ganz auf seiner Höhe...«

»Ich will Franco«, unterbrach ihn die Signora und legte fünf Hunderttausend-Lire-Scheine auf den Tresen.

Umberto der Portier sah erst auf das Geld, dann auf die Signora und wollte gerade etwas sagen, als er unterbrochen wurde...

»Das ist selbstverständlich für Sie«, sagte die Signora, »vielleicht ändert er ja seine Meinung.«

»Ich werde tun, was in meiner Macht liegt«, sagte der glatte Umberto, »rufen Sie mich heute aAbend an.«

Scintillone und der treue Vincenzo erfuhren aus den Zeitungen, daß der Autobesitzer gestorben war.

»Hab ich dir doch gesagt«, sagte Scintillone, stocksauer, »daß der verreckt ist. Hast einfach 'n kranken Kopf. Wird wohl nix mehr mit unserem Urlaub.«

»Rechtmäßige Selbstverteidigung«, sagte der treue Vincenzo, »verstehst du nicht, wenn der mich mit seinem Scheißmesser getroffen hätte, wär ich scheißtot am Boden geblieben, oder?«

»Und so hast du beschlossen, daß er dran glauben muß...«, sagte Scintillone.

»Was hättest du denn ohne mich getan, sonst, eh? Ich hab's auch für dich gemacht, sonst wärst du allein geblieben, und allein macht's keinen Spaß.«

»Vollkommen richtig. Was ist das schon für ein Spaß, allein...? Besser hätte er dir ein paar Ohrfeigen gegeben«, sagte Scintillone und bewies eine Weisheit, die der treue Vincenzo nie begreifen würde.

»Und jetzt? Was tun wir jetzt?«

»Was willst du tun?«

»Was, wie, ich? Willst du mich etwa in der Scheiße allein lassen?« fragte der treue Vincenzo ängstlich.

»Hättest du dir eigentlich verdient. Weil du so'n Scheißhirn aufhast. Wir haben keine Wahl: Laß uns verschwinden. Und vor allem dürfen wir uns nicht zusammen sehenlassen.«

»Verstehe... Du willst mich loswerden.«

»Von wegen... Begreifst du nicht, daß ich deinen Kopf retten will? Tu das, was ich dir sage. Bloß nicht das, was dir dein wurmstichiges Hirn sagt.«

»Hier spricht Einstein.«

»Halts Maul und hau ab.«

21

Willy der schwule Friseur wurde von Marinas Bruder gezwungen, sie zu heiraten.

Es war alles schon abgemacht: Tag des Ereignisses, Konfetti, Bonbonniere, Kleider, Einladungen, Restaurant, Sänger, Menü und der ganze Rest.

Sie wollte das Kind, nicht die Hochzeit. Aber der Machobruder hatte beschlossen, daß sie zu heiraten hatten.

Willy sollte aufhören, sich so anzuziehen, sich nachts rumzutreiben, und überhaupt mit seinem perversen Leben Schluß machen.

Willy weinte sich bei seinen Freunden in der Birreria aus: »Ich weiß absolut nicht, was ich tun soll ...«

»Hau nach Amsterdam ab«, sagte Maurizio, den sie Kurt Cobain nannten, »verschwinde, und laß alle hinter dir, scheiß drauf.«

»Ich kann das nicht, irgendwie hab ich das alles ins Rollen gebracht, da kann ich doch nicht einfach abhauen.«

»Dann denk nicht weiter drüber nach. Nimm dir das, was gut daran ist, und verarsch den Bastard. Und wenn du wirklich heiraten sollst, muß das auf jeden Fall eine große Veranstaltung werden, ganz Napoli soll darüber reden, wer nicht da war, wird sich in den Arsch beißen. Und irgend jemandem wird es leid tun, dabeigewesen zu sein, aber dann ist es bereits zu spät ...«

Willy lachte leiseleise in sich hinein. Dann immer lauter, bis er lauthals lachte und lachte, tränenüberströmt, und nicht mehr aufhören konnte.

Und die anderen lachten mit ihm.

Sie lachten, frei, befreit, froh, frivol, sie lachten anders, anders als es ihnen auferlegt war von denen, die sie versteckt, verkleidet, verbittert sehen wollten.

So lachten sie, in dieser Birreria, die nach billigem Reggae roch, einem Lokal, in dem jeder ein Sohn, Cousin, Enkel, Verwandter von Bob Marley war, dem Besitzer, ein finsterer Typ mit Rastalocken.

Dieser Bob Marley hatte im Anschluß an eine Reise nach Jamaika beschlossen, in diesem traurigen, gespensterhaften Industrievorort Pomigliano eine kleine Insel der Seligen zu schaffen. Und so war *No woman no cry* entstanden, eine Birreria, die zum Treffpunkt für die jungen Leute aus dem Hinterland wurde.

22

Piranha war der Geschäftsführer eines großen Supermarkts am Rande von Capodichino, dem neapolitanischen Vorort hinter dem Flugplatz.

Er war zwar erst einundzwanzig Jahre alt, aber schon ziemlich durchtrieben. Hatte alles vom Vater gelernt, auch alles darüber, wie man alles aus den Kunden herauspressen konnte.

Blitzschnell konnte er Beträge, Zinssätze und Nettosumme erfassen, die sechs Prozent berechnete er aus dem Kopf, der sich nie irrte. Er sagte nur: Komm morgen vorbei.

Das war seine Droge. Ein Hunderttausender über dem anderen: seine Droge.

Eine Droge, die der Piranha auch dir reindrückte, man zahlte einen Monat später, sechzig Tage, auch neunzig.

Wie ein Dieb. Wie ein Hurensohn, der Bastard.

Wie ein Junkie. Wie einer, der Heiliges klaut.

»Zähl's nach«, sagte er mit einem Gesichtsausdruck, der schwer zu beschreiben ist, dem Gesicht eines Perversen, den eiskalt gleichgültigen Augen, die genau wußten, was sie vom Leben wollten: Geld Geld Geld. Auspressen, erpressen, erwürgen. Geld Geld Scheißgeld.

Obwohl er erst einundzwanzig war.

Sie nannten ihn Piranha, weil jeder, der es mit ihm zu tun bekam, nur schwer wieder aus der Geschichte gekommen war, wie auch immer.

Und dem, der nicht zahlen konnte, schickte er zwei Killerwale.

Vom Vater hatte er gelernt, alles einzukassieren: Wohnungen, Autos, Gemälde, Möbel, alles.

Er befahl, und die Killerwale zogen los.

Bis er einem Unternehmer aus Castelvolturno zu einem Sprung in den Beton verhalf.

Ein Sprung, und aus. Ein Sprung, während der Piranha lachte, unter dem kalten Blick seines Vaters, des Hais.

Immer, wenn es um wichtige Unternehmungen ging, wollte Piranha seinen Vater, den Hai, dabeihaben, immerhin war er im Grunde nur ein junger Mann von erst einundzwanzig Jahren.

Es war Bobdeniro, der Piranha dem Cattivotenente vorstellte.

Bobdeniro liebte das Geld und es machte ihm Spaß, mehr davon auszugeben, als er hatte; wenn es denn eng werden sollte, konnte er sich immer noch an einen seiner Bekannten, Freunde, Kunden, Wucherer, Geschäftsleute oder sonstwen wenden.

Und der Piranha hatte ihm gesagt: »Bis dreißig Millionen decke ich dich, du mußt mir nur einen Tag Zeit geben.«

Das war Musik in den Ohren Bobdeniros, der diese Musik wiederum in die Ohren des Cattivotenente gespielt hatte.

Und schon hatte er den falschen Schritt getan.

Weil Carmine, solange er noch ein paar Schecks zur Hand hatte, Bobdeniro überging und direkt an Piranha herantrat. Der versuchte erst gar nicht lange, entgegenkommend zu lächeln, schob ihn hinter eines seiner Regale und rückte dann das Geld heraus.

Aber der Piranha war argwöhnisch geworden, weil er begriffen hatte, daß Carmine mit dem frischem Geld, das er ihm eben weiterreichte, einen längst schon fälligen Scheck decken wollte. Er sagte nichts, zählte die Hunderttausender bis zum Ende durch und sagte: »Das war's dann fürs erste... Ich hab einen Engpaß.«

Draußen regnete es, es kümmerte ihn nicht, er lief im Regen herum, gab den LKWs Anweisungen und Befehle, Abladen, Aufladen, Einfahrt, Ausfahrt.

Nichts berührte ihn, nicht einmal der Regen, seinen Schädel nicht, seine Augen nicht, sein Herz nicht, das Herz eines einundzwanzigjährigen Wucherers, der genau wußte, was Abfahrt bedeutete, der nahe Flugplatz, die Autobahn nach Rom, nach Salerno, die nahe Umfahrungsstraße. Er saß an einem strategischen Ort, einem Ort, von dem er jederzeit fliehen, verschwinden konnte. Er mußte nur entscheiden, wann und wie.

23

Sommer. Papà. Pronto Papà, hallo. Handy Papà.
Und die Signora mit dem geblümten Bikini und den geöffneten Beinen zeigt dem Cattivotenente alles und ein paar Haare dazu.
Sommer. Liebster, ciao, wir sind am Strand, ciao.
Handy klingelt. Kinder, rennt nicht weg, Zigarette, wo?, und dem Cattivotenente die geöffneten Beine.
War da viel Verkehr? Wie geht's, Liebster?
Montagmorgen, irgendwo am Meer, die Ehemänner sind nach Hause gefahren, Carmine schaut sich um, hört zu und schaut und hört und Ciao, Liebster, es ist heiß heute, und zugleich öffnen sich die Beine der Signora und dann faßt sie sich an, genau da, und schiebt langsamlangsam den Stoff zur Seite, genau da immer da, und gleichzeitig spricht sie am Telefon mit dem Ehemann und läßt sich von der Sonne küssen und von den fickrigen Augen des Cattivotenente, der eigentlich für sich selbst bleiben wollte und an Mirjam dachte, die ihn verlassen hatte, und in der Zwischenzeit geilt sich die Signora auf und die zwei Kinder sind verschwunden.
Ringsherum Meer und Familien und Kinder und Sonne und Sandeimer und Schäufelchen und sie möchte, daß die Sonne in sie eindringt und gleichzeitig mit der Sonne auch der Cattivotenente, der ihr gegenübersitzt, und sie öffnet sich noch mehr und längst schon hat sie ihm ihre Haarbüschel gezeigt, auf der Liege mit dem Handtuch, und gleichzeitig Ciao, Liebster, heiß ist es hier, wenn du wieder kommst, bring von zu Hause mit, was du versprochen hast, Kinder, lauft nicht zu weit weg, es ist heiß, in der Sonne ist kein Sein, Gottseidank ist der Strand heute morgen nicht so überfüllt, wie immer, am Montagmorgen, dann dreht sie sich und hält ihren Arsch dem Cattivotenente vors Gesicht, der sie längst schon vierteln möchte mit dem hitzheißen Schwanz, der zwischen seinen Hüften zittert, und die Huresignorahure hat alles bereit gemacht und das Telefon weggelegt und die Sonne sticht und sie hat sich so hindrapiert, daß er schauen kann und sehen und noch mehr ...
Heilige Madonna, sie ist fickrig und er ist verfickt, der Ehemann

ist am Arbeiten und sie sitzt mit den zwei Kindern am Meer und ist gelangweilt, und die Ehe und der eheliche Schwanz, der ihr nichts mehr anhängen und trotzdem an nichts mangeln lassen wird, und deswegen ist es nicht schön, ihn zu betrügen, und trotzdem ist Fleisch Fleisch und die Sonne brennt und die Spalte brennt und so ein neuer Schwanz ist auch nicht schlecht, genau das richtige, um Uterus und Eierstöcke und klitorale Launen ruhigzustellen und um sich nehmen zu lassen, quer durch die großen und kleinen Lippen, die sich öffnen wie Miesmuscheln am Gaumen eines hungrig verfressenen Molluskenliebhabers.

Und Carmine steht auf und sieht, wie hinterm Hintern das dunkelschwarze Haar quillt, und spitzt sich noch mehr an und geht ins Wasser, um sich abzukühlen, und die Kinder sind längst schon weg und spielen Fußball am Platz und sie von ihrer Liege aus sieht ihn und folgt ihm ins Wasser und während er schwimmt, klammert sie sich an ein kleines Boot, das etwas abseits vor Anker liegt, und da sieht sie dann der Cattivotenente und sie zeigt ihm die Zunge und dann zeigt sie ihm ihre großen Brüste und er schwimmt heran und mit einer Hand stützt er sich am Boot auf und ringsherum ist niemand zu sehen, nur Geräusche und Stimmen aus der Ferne und der Strand ist weit und längst schon ist da sein Schwanz, der es auch mit den Wellen des Ozeans aufnehmen würde, und der Cattivotenente weiß nichts von dieser Frau, die sich ihm anbietet und ihr Ding hinhält, und er stößt sie mit seinem Salzschwanz und sie verliert sich im Meeresblau und klammert sich an das Boot, das *Santarita* heißt und sie beschirmt, und sie schließt die Augen vor diesem Cattivotenente ohne Bauch und Yacht und Beiboot und sie klammert sich an den Rettungsring aus Fleisch und öffnet sich und schreit und gemeinsam kommen sie und vergessen, der eine seinen Zustand und seine Einsamkeit und die andere ihren arbeitsamen Mann und die zwei Kinder, die gerade Fußball spielen.

»Ich heiße Imma und bin noch bis zum Ende des Monats hier«, sagt sie, während sie zurückschwimmen.

»Ich pendle quer durchs Leben«, sagt der Cattivotenente, »du hast eine wunderbare Fotze, und früher oder später werden wir uns wiedersehen und ich werde sie lecken, bis sie ausgetrocknet ist.«

24

Willy und Marina heirateten am neunundzwanzigsten Juli.

Willy sah wunderschön aus, hatte sich in bestes Tuch geschmissen, elegant und geschminkt wie eine Hollywoodgröße. Schön und erlesen die Braut.

In der Kirche war allgemeine Befremdung ausgebrochen wegen der unübersehbaren Menge von Schwulen Tunten Transen Tucken, die gekommen waren, alles Freunde des Ehemannes. Gelächter und Befremden, Bestürzung und Begeisterung gleichzeitig verursachte vor allem die Anwesenheit der berühmtesten Transvestiten Napolis, die die teuersten Kleider zur Schau stellten. Liter um Liter Parfum und Eau de toilette waberten durch die Kirche, die schon mehr an einen Puff erinnerte als an einen heiligen Ort. Dem Pfarrer mußte gedroht werden. Er wollte die Zeremonie nicht abhalten.

Niemand hatte geahnt, daß alle diese buntfarbenen Typen mit ihren exotischen Namen bei der Feierlichkeit auftauchen würden; mit ihren spitzen Schreien, den Küssereien und Umarmungen brachten sie das, was eigentlich eine völlig normale Hochzeit hätte sein sollen, vollkommen durcheinander.

Normal war an dieser Ehe lang schon nichts mehr. Und trotzdem. Sie hatten darauf bestanden, und also hatte ihnen Willy den Gefallen getan.

Ein rosafarbener Mercedes hatte die Brautleute zur Kirche gebracht, danach die Fotos, und dann in ein Restaurant in Massalubrense.

Die Kellner spielten schon bald verrückt und verloren den Überblick in all dem Chaos, hatten immer noch nicht begriffen, wo all die hysterischen, komischen, witzigen Tunten, Trinen und Tanten herkamen mit ihrem kleinen Herumgeschubse, ihrem Gelächter und den andauernden Zurufen.

Die Brautbrüder stocksauer und überhaupt nicht auf so etwas vorbereitet. Nur Willy hatte das alles gewußt und mit Kurt Cobain und Diaminocillina abgesprochen. Der zog sich in eine Ecke zurück, um in Ruhe lachen können, ohne gesehen zu werden.

Und dann kamen, wie immer, die neomelodischen Sänger ins Restaurant, die Vorstadtstars des altneuen neapoletanischen Liedes, und plötzlich ringsum nur mehr Küsse und Umarmungen und »sehr schön bist du ich liebe dich sing mir das Lied und sing mir jenes Lied«, und der Machobruder folgte Willy aufs Klo, nagelte ihn fest und verlangte, daß ihm der Bräutigam den Schwanz lecke, ganz so wie damals, beim ersten Mal, damals im Auto hinter dem Hügel von Pomigliano d'Arco.

So fand Willy sich an diesem Tag, den er nie so vorhergesehen hatte, plötzlich noch einmal vor dem Schwanz des Machobruders der Braut wieder, die sich währenddessen nichtsahnend zwischen den Tischen bewegte, mitleidig beobachtet von den Kellnern, die sich halblaut fragten: »Ist sie blind, die Braut?« Und das alles mitten in der Musik, den Gesängen, dem Wein, den Menügängen und den Trinksprüchen.

Dann kam vom Klo einer der neomelodischen Sänger, an dem sich ein Hochzeitsgast zu schaffen gemacht hatte; und vom Klo kamen die Schreie des Bräutigams. Willy wurde vom Machobruder regelrecht verprügelt, dem all die Tunten auf dem Fest einfach nicht in den Kopf wollten, weil sie, wie er sagte, alles Feierliche zerstört hatten. War es der Wein, die Wut, der Widerwillen, wer weiß, auf jeden Fall hatte der Machobruder den Kopf verloren, und es waren zehn Männer nötig, um ihn zu bremsen.

Ein paar Freunde brachten den Machobruder nach draußen, Willy hatte ein blaues Auge abbekommen, der Rest der Geladenen versuchte, wieder etwas Ruhe zu stiften, um die Hochzeit zu retten an diesem gottgesegneten Tag.

Die Feierlichkeiten endeten gegen Mitternacht, Willy hatte längst ein Gesicht, das nach Rache schrie.

Ein Gesicht, rot wie die Rosen, die ihm die Freunde der Birreria geschickt hatten und die mitten auf dem Brauttisch thronten:

Glück und viele männliche Nachkommen!!!

Unterschrieben hatten Bob Marley und die vom *No woman no cry*.

25

Sonntag, 9. August.

Via Bartolo Longo in Ponticelli hinter dem Autobahnkreuz von San Giovanni, Leere in der Luft und der Erdölgestank der Raffinerien von Brecce a Sant'Erasmo, Heizölschwaden über der Parzelle eins der Wohnanlage *Case nuove*.

Case nuove, neue Häuser, nun ja. Sie waren längst schon zerstört, von der Zeit und dem Hunger der Menschen, die nicht abhauten und nie abhauen würden, die bleiben, die sich nicht bewegen, hier, wo es keinen richtigen Sommer gibt, hier, wo es ganz so aussieht, als ob man sich auf immer mit Übergangszeiten zufriedengeben müßte.

Keine Koffer, beauty-cases und Strandtaschen, die man vollstopfen muß, keine auf Trab zu bringenden Kindermädchen, die noch zu packen haben, und keine Videogames, die man gelangweilten, geldstrotzenden blonden Kindern hinterhertragen müßte, die ganz nach ihren müden, reichen und gelangweilten Vätern kommen.

Nein. In Ponticelli nicht. Da gibt es höchstens eine stickige Spielhalle, in der ein Ventilator die Ausdünstungen von Tennisschuhen und Kinderschweiß umwälzt, aber wo sind die Mütter?

Dieses Ponticelli, aus dem keiner abreist, weil es dafür Kohle braucht, und woher soll die schon kommen? Geld gibt es in diesen Häusern nämlich nicht, wo sich ansonsten alles findet, es reicht, wenn man zahlt, die Knete rausrückt, die Kohle, den Kies, die Penunze, das Silber, den Zaster, es reicht, das rauszuholen, was es hier nicht gibt. Das macht uns nervös und neurotisch, verzagt, verschwitzt und verunsichert, und schlafen kann man auch nicht, also raus auf die kleinen Balkone, unter denen der schwarzsiedende Asphalt durchfließt bis hinunter zum Stadtviertel De Gasperi.

Ponticelli mon amour.

Sonntag abend, 9. August, Via Bartolo Longo, dann dieser sogenannte Park an der Via Bartolomeo Caracciolo, die Ansammlung von Baracken, ein sogenanntes Geschenk der Familie Evangelista an die Erdbebenopfer das Jahres 1980, längst schon von irgendwelchen anderen illegal besetzt, seit die Erdbebenopfer in Sozialwohnungen umgezogen sind. Und ihre Baracken verkauft haben an obdachlose oder zwangsgeräumte Familien, die hier auf ein Wunder warten...

Auf ein Dach überm Kopf, einen Traum, eine Zukunft, eine Tochter zum Verheiraten, eine Handvoll Enkel, einen Rheumatismus, der nachläßt, Husten, der verschwindet, etwas Sonne, etwas Abkühlung, etwas Frischluft, hier, wo nichts sich bewegt und der Asphalt kocht, dieser heiße Teer läßt alles nur noch unwirklicher, fremder und langwieriger erscheinen, auch wenn man abends zu den Buden von San Sebastiano al Vesuvio ziehen könnte, wo die Hungerleider der Umgebung und die Opfer dieses Augusts nach ein wenig Abkühlung suchen im Schatten der Villen der Reichen, die zur Zeit eisern verbarrikadiert sind, weil man in die Sommerfrischhäuser von Scario, Paestum oder Palinuro gezogen ist.

Und an den Mäuerchen vor den Villen sammeln sich die Augustgemarterten, noch in Socken, Hosen und Hemden, und die Kinder im Arm weinen und schwitzen und wollen das und wollen jenes und der Schnuller ist zu Boden gefallen, wer spült ihn ab und wo ist die Wasserflasche? Maria Marco Maria Antimo Ciro Luisa Gaetano Stefano Assuntina und Nunzia, die sie Nensi nennen, laufen durch den großen Spielpark Vesuviusland, Sonntagsvergnügung für Leute, die sich nach *Gardaland* oder *Disneyworld* sehnen, aber wie da hinkommen, Vorbestellung und Vorausbezahlung und wer hat schon das Geld? Und deswegen bleiben wir alle da, wie immer, egal wie man es dreht, und reden vom Geld, dem einzigen, was hier fehlt, aber sonst, wenn du willst, kannst du hier alles bekommen, Pistolen, Popper, Bomben, Heroin, Crack und Kokain, Ecstasy, verschnittenes Dreckszeug, marokkanisches Öl, guten Libanesenstoff und schlechten und beschissenen, geklaute Mofas, geklonte Mobiltelefone, getürkte Autos, wackelige Schecks und gestohlene, Scheckhefte von Banken, die gar nicht existieren, gefälschte Invalidenausweise, gefälschte Personalausweise und Pässe, bestell und bezahl, besser, du bezahlst zuerst, und wenn du eine günstige Videokamera haben willst, sag's uns einfach früh genug, Zeit genug, um dir einen *paccotto* zu machen, unser Spezialpäckchen: Eine Videokamera, du möchtest eine brandneue Videokamera zum Superspezialpreis? Schau sie dir an, hier, einmalige Gelegenheit, vom feinsten, Originalkarton ist auch noch da, ich pack sie dir wieder rein, zähl du schon mal das Geld ab, und schon schieb ich dir, mirnichtsdirnichts, den präparierten Karton unter, in dem alles ist, was Gewicht macht, nur deine Videokamera nicht, ein hübscher, nagelneuer Videokamerakarton voller Salztüten, feinem Salz und grobem und noch ein paar Zeitungen, ein schönes Päckchen. Eine Videokamera mit gesalzenem Preis, schmeiß den wunderschönen Videokamerakarton ins Wasser, das Salz löst sich auf, und Amen.

Sonntag, 9. August, Via Bartolo Longo.

Das Innere einer Baracke, die als Haus dient, eine handbreit Garten rund um einen Plastiktisch, der so tut, als stamme er direkt aus einer der vornehmen Villen von Capalbio oder Ansedonia, nur daß es hier keine Pferde und keine berittenen Viehhüter gibt wie in der Maremma, um diesen Plastiktisch herum Familienversammlung, Vater, Mutter, drei Töchter, zwei Schwiegersöhne, ein Sohn und eine erregte Unterhaltung wegen der Kündigungsbriefe, die ins Haus geflattert sind. Die Bar Cafeteria, in der zwei der Töchter der Signora Marittona gearbeitet haben, hat dicht gemacht, Signora Marittona, dick, fett, breit, verschwitzt, erhitzt und beleidigt, Maria, die sie Marittona nennen.

Die Bar hatte schon vor zwei Wochen dicht gemacht, die Töchter warteten darauf, daß man sie wieder holt, sobald sie wieder eröffnet wird, und statt dessen ...

Statt dessen ist der Brief gekommen. Ein schmieriger Wisch. Ein *ferragosto*-Geschenk.

»War eh nicht geplant, daß wir irgendwohin fahren an den Feiertagen, und jetzt ... Vergiß es«, platzt Mariagrazia heraus, der Ehemann sitzt teilnahmslos daneben, seit ewig arbeitslos, niedergeschlagen, verängstigt, leerer Blick, weiß nicht, was er sagen oder denken soll, jetzt ist die einzige Geldquelle, der Job der Frau, auch noch geplatzt.

Genauso wie der Arbeitsplatz von Luisa, die allerdings lacht, vielleicht, um nicht zu heulen, die Mutter bietet Coca Cola an und Wassermelone und Mandelmilch, aber eigentlich möchte sie schreien, hinausbrüllen ihre Wut auf diesen August, der sie gleich zerreißen wird, und auf diesen Hurensohn von einem Chef, der ihr die zwei Töchter und einen Schwiegersohn auf die Straße geworfen hat; jetzt hat sie alle am Hals an diesem Sonntag abend und keiner hat mehr Lust, ins Dorf zu gehen zum Fest der Santa Maria della neve und das Feuerwerk zu sehen und die Stände und den *torrone*.

Und Salvatore, zweiundzwanzig Jahre alt, gerissen und gereizt, hätte gerne fünfhunderttausend Lire, um nach Riccione zu fahren. »Meine Freunde sind alle schon weg…, ich bin der einzige, der noch hier ist. Wer kann mir die halbe Million geben?«

Der eine schaut dahin, der andere dorthin, und wenn es heute abend die fünfhunderttausend Lire vom Himmel regnen würde, sie würden sich alle darauf schmeißen und übereinander herfallen.

Und Riccione bleibt, wo es ist, und Salvatore läuft auf und ab wie ein Verrückter in der Irrenanstalt, das Mofa hat er schon verkauft und zur Zeit versucht er, das geklonte Handy loszuwerden, das er eben erst für hundertfünfzigtausend Lire gekauft hat, aber keiner hier hört ihm zu, es ist kein Geld da, es ist die ewige Leier, und Salvatore dreht noch eine Runde und dann wirft er sich aufs Bett, aber es ist zu heiß und deswegen macht er sich ins Dorf auf zum Fest und an dem Tisch wird weiterdiskutiert.

Sonntag, 9. August, die Kündigungsschreiben, und Rosa, die andere Tochter der Signora Marittona, hat gerade vor zwei Monaten geheiratet. Ihr Mann arbeitete in derselben Bar Cafeteria. Und hat auch so ein Schreiben erhalten.

Und so sitzen sie alle rund um den Plastiktisch und wissen nicht, was sie sagen sollen, obwohl sie so viel Dynamit in ihrem Körper tragen, daß man damit ein ganzes Dorf in die Luft jagen könnte, der eine läßt den Kopf hängen und der andere auch, und der Vater spricht schon längst nicht mehr, was will man da sagen, da gibt es nichts zu sagen.

Da bleibt nichts, als darauf zu warten, daß das Wochenendhaus in Castelvolturno frei wird, dann wollen alle gemeinsam los, um Angela zu besuchen. Auch wenn Castelvolturno beschissen ist und voller Stechmücken und Neger, aber immerhin kannst du so tun, als ob auch wir uns ein paar Tage Urlaub leisten könnten, jetzt muß man nur noch darauf warten, daß die Verwandten des Mannes endlich verschwinden, und dann geht's los.

Den Asphalt lassen wir hier und den Ärger, die düsteren Gesichter und die Kündigungsschreiben, nichts davon läuft uns weg.

Scintillone und der treue Vincenzo sorgten für Tapetenwechsel. Versuchten, genauer gesagt, im Wochenendhaus der Schwester Vincenzos in Mondragone unterzukommen. Wochenendhaus ist etwas übertrieben, ein Durcheinander und Übereinander von Menschen und Körpern in zwei Zimmern und einem Bad eigentlich, mitten im Zentrum von Mondragone, das im August zum Zentrum der Welt der Versunkenen, Verlorenen, Verpönten, Verrückten, Verwarnten, der Kleindelinquenten und der Kleincammoristi wird, der dicken Weiber und des wilden Kitsches, der silbernen Strandtücher und der goldenen Stöckelschuhe, Lido Cin Cin und Lido Borrelli, ein Lido neben dem anderen, ein Sammelsurium verzweifelter Menschen, die in der Sonne liegen, als ob es die *Promenade des Anglais* wäre.

Fehlten also nur noch Scintillone und der treue Vincenzo.

»Wir wollten dich besuchen«, sagte Vincenzo zu Sofia, seiner Schwester, die zerzaust und entnervt wegen der Kinder vor ihm stand.

»Du hast mir gerade noch gefehlt, du und das schöne Stück da.«

»Darf ich vorstellen: Mein Freund Pasquale Scintilla, für die Freunde Scintillone.«

»Sehr erfreut«, sagte Sofia ironisch, »haut ihr erst heute abend wieder ab oder gleich nach dem Schwimmen?«

»Um die Wahrheit zu sagen, eigentlich wollten wir uns etwas aufhalten, ein paar Tage vielleicht.«

»Sag mal, hast du nicht begriffen? Wir liegen hier jetzt schon gestapelt, da ist kein Platz mehr, wo wollt ihr denn unterkommen?«

»Wenn's nur deswegen ist, wir legen uns gern auf den Boden, irgendein Plätzchen wird sich schon finden, wir machen euch keine Umstände«, sagte Scintillone und grinste schlaubergerisch.

Aber Sofia war noch schlaubergerischer und entgegnete: »Auf den Boden sind schon ein paar Cousins meines Mannes gebucht, eine Tante und drei Kinder.«

»Was für einen Scheiß du redest«, sagte Vincenzo. »Sieht ja ganz so aus, als ob du nicht froh darüber wärst, daß wir dich besuchen. Und dabei habe ich dir auch noch eine Mozzarella mitgebracht.«

»Froh soll ich sein? Aber natürlich, ich springe richtiggehend in die Luft vor Freude. Und so was nennst du Sommerfrische, ha? Man kann nicht schlafen, man kommt nicht ins Bad, am Tisch haben gar nicht alle Platz, die Hitze macht einen stinkwütend, der Onkel schnarcht wie ein Tier, den werten Ehemann schmerzen zwei Backenzähne, der Kleinste ist schon wieder krank, zum sechsten Mal, Tante Rosa schlafwandelt – und so was nennst du Sommerfrische?«

»Oh, oh, was ist es denn dann? Ein Krankenhaus?« stänkerte Scintillone.

»Schlimmer als ein Krankenhaus, schlimmer. Deswegen ist es besser, ihr geht jetzt, denn wenn der Chefarzt vorbeikommt und euch in eurem Zustand sieht, schmeißt er uns hier alle raus.«

»Schon gut, habe begriffen«, sagte Vincenzo, »also steigen wir kurz ins Wasser und dann fahren wir weiter nach Scauri, da hab ich ein paar Freunde, die uns sicher mit offenen Armen aufnehmen werden.«

»Wenn die so sind wie ihr, dann sicher.«

»Was hast du denn gekocht, heute?« sagte Vincenzo.

»Nudeln und Kartoffeln als ersten und *frittata di cipolle* als zweiten Gang.«

»Also gut, dann fahren wir jetzt, hat keinen Sinn, noch weiter hier zu bleiben«, sagte Scintillone.

»Scheint ja auch noch ein Feinschmecker zu sein, dein Freund«, sagte Sofia, »wenn ihr euch angemeldet hättet, hätte ich euch ein Fünf-Gänge-Menü kochen können, das auf eurer Höhe ist.«

»Schon gut, Schwesterchen«, sagte Vincenzo, »wir ziehen dann mal los. Schöne Sommerfrische noch.«

Die beiden zogen die sonnige Strandpromenade von Mondragone entlang, beide verrückt wie zwei ausgeflippte Stiere, der eine halbnackt neben dem anderen, Scintillone mit einem Sombrero aus Stroh auf dem Kopf und der treue Vincenzo mit einem Walkman, der *Heroin* von Lou Reed spielte.

27

Maria Himmelfahrt, 15. August, *ferragosto*.

Und Carmine Santojanni, der Cattivotenente, erinnert sich daran, daß das der Namenstag seiner Mutter ist, Signora Assunta, vierundsiebzig Jahre alt, im Altersheim *Die drei Geranien* in Pozzuoli abgelegt.

Maria Himmelfahrt. Madonna Assunta, Feuerferragosto.

Einsam, der Cattivotenente. Müdes Gesicht, pelziger Mund, neben dem Bett noch der Wein der vergangenen Nacht.

Er denkt an Carmela, denkt daran, in die Quartieri zu gehen, aber wie er dann endlich vollends wach wird, begreift er, daß *ferragosto* ist.

Als er noch Kind war und Jugendlicher, als er noch zu Hause bei Mama wohnte, war *ferragosto* immer das Fest seiner Mutter, das Fest der Madonna Assunta, es gab immer ein großes Essen, Vater kaufte frischen Fisch und *cozze* und *vongole*, um sie kurz durch die Pfanne zu ziehen, und dann die Süßigkeiten und der Wein aus Ischia, die Fröhlichkeit der leuchtenden Familiengesichter, Mutter, die Säule des Hauses, Vater, der bei der Gemeinde arbeitete, und dann die zwei Schwestern und seine beiden Brüder.

Es waren arglose Jahre und unbeschwerte, man besaß wenig und man hatte keine Probleme.

Rosa Blumen und Pfirsichblüten, die Zuneigung der Verwandten, der Onkel, die Feiern, Geburtstage, Firmungen, Taufen und Erstkommunionen.

Es waren meerblaue Jahre, unkompliziert, sonnig… Dann war unter dem Vergehen der Jahre alles zerbröselt, auch die schönsten Dinge.

Die Schwestern hatten geheiratet und waren nach Torino gezogen, Vater war schwer gestürzt und gestorben, Pino, der große Bruder, hatte sich in politische Geschichten verirrt, war in Frankreich untergetaucht und zum Landstreicher geworden oder so etwas Ähnliches, keine Nachricht mehr von ihm, Massimo, der andere Bruder, war mit siebenundzwanzig Jahren an der Droge verreckt, und also blieben er und die Mutter. Torino war weit weg und Mutter hatte immer wiederholt, daß sie zuhause sterben wollte; so war es dann zu den *Drei Geranien* gekommen.

Und so war Carmine, dessen Ehe schlecht angefangen und schlimmer geendet hatte, alleine geblieben, von seiner Frau hatte er nicht einmal einen Sohn bekommen. Er war fünfundvierzig Jahre alt und sah noch älter aus, in letzter Zeit waren die Monate an ihm vorbeigezogen, als ob es Jahre wären.

An diesem Morgen beschloß Carmine, seine Mutter zu besuchen. Maria Himmelfahrt. Fünfzehnter August. Hitzetag. *Ferragosto* eben.

Carmine tauchte mit einem halbverwelkten Blumenstrauß im Altersheim auf, das Beste, was er an diesem schwülheißen Tag hatte auftreiben können, und freute sich darauf, seine alte Mutter zu umarmen.

Die Alten hatten ein kleines Fest zum Namenstag seiner Mutter veranstaltet. Überall Luftballons und Glückwunschschriften, ganz wie bei einem Kindergeburtstag.

Carmine schaffte es nicht, seiner Mutter in die Augen zu sehen, obwohl er große Lust hatte, sie zu sehen und sich sehen zu lassen.

»Du siehst mitgenommen aus«, sagte Signore Assunta, »ißt du denn nichts?« Für Signora Assunta war dieser heruntergekommene, verhärmte, verirrte, verlorene Cattivotenente immer noch und nur ein etwas großgeratenes Kind, wenn auch ihr Liebling.

»Nein«, sagte der Cattivotenente und log, »es ist nur so, daß ich bei dieser Hitze nichts essen kann.«

»Kocht dir deine Frau was, oder nicht?«

»Aber sicher tut sie das, was sagst du da?« log er wieder.

Da sah sie ihn forschend an, und er versuchte, nicht gänzlich nackt dazustehen.

»Junge«, sagte sie, »du wirst alt.«

»Die Zeit vergeht auch für mich, Mamma, fünfundvierzig Jahre, fünfundvierzig.«

»Und deine Frau..., nie kommt die mich besuchen, nie.«

»Wir haben viel zu tun, sind immer in Eile, die Zeit reicht nie.«

»Ja, schon gut. Aber wenn man will, gibt's da immer irgendwo eine halbe Stunde«, sagte Signora Assunta traurig.

»Du hast schon recht... Es ist nur, daß...«

»Macht nichts«, sagte Signora Assunta. »Mach dir keine Sorgen. Weißt du, daß sie hier ein Fest für mich organisiert haben, zu meinem Namenstag?«

»Ich hab es gesehen«, sagte Carmine, »ich hab's gesehen.«

»Und so feiern auch wir *ferragosto*«, sagte Signora Assunta, und dann, fast verlegen: »Wieso bleibst du nicht auch, für ein Weilchen?«

»Ich muß gehen, du weißt, die warten auf mich«, sagte er. Und sah irgendwohin, der Cattivotenente.

Sah irgendwohin, um seiner Mutter nicht in die Augen zu sehen. Sah irgendwohin, sah aus den Fenstern des Altersheimes von Pozzuoli. Sah das Meer und es war, als ob vor dem Meer oder vor seinen Augen ein Schleier hängen würde. Ein Schleier aus Melancholie und Traurigkeit, ein Schleier aus Tränen, die er noch zurückhielt, die aber eigentlich diese Glasfront durchbrechen und ungestüm durch die Straßen von Pozzuoli hinabfließen wollten, bis ans Meer.

»Was ist denn? Ist dir schlecht?« fragte seine Mutter besorgt.

»Die Hitze..., es ist zu heiß«, log Carmine wieder und war schon aufgestanden, um sich zu verabschieden.

»Gehst du schon?«

»Es ist spät geworden, ich habe dir ja gesagt, daß man auf mich wartet.«

Sie umarmten sich heftig. Ahnten, daß es das letzte Mal sein würde, daß sie sich sahen.

Ah... 'sta musica, l'unica vita cà nun po' fernì.
Ah... 'sta musica, nasce e nun tene 'o tiempo pe' murì.

Ah... die Musik, das einzige Leben, das nicht enden kann.
Ah... die Musik, sie entsteht und hat keine Zeit um zu sterben.

Er ging, der Cattivotenente, ging, ohne zu wissen, wohin.

Ferragosto auch für ihn.

Mittlerweile war es ein Uhr, aus den Restaurants der Gegend

kamen die Gerüche der Küche, von Frittiertem, von Fisch, kamen die Stimmen der Feiernden an ihren Tischen, Lärm, Wein, Gläserklirren, Rufe, Kindergeschrei.

Die Strände waren überfüllt. Unter den Sonnenschirmen wurden die Körbe ausgepackt, *frittate* jeder Art, *ragù, polpette, peperoni, melanzane,* Koteletts und Fisch.

Ferragosto, und die Leute stellten die Sonnenschirme auf und ringsherum Tücher, bis so etwas wie eine Hütte entstand. Wie die Sioux, wie die Apachen.

Eine Hütte, in deren Innerem sie kampierten, eisgekühlter Wein mit Pfirsichen und Bier und Eis, und Carmine sah das alles, den Schleier vor Augen, und zündete sich eine Zigarette an und löschte eine andere aus.

Die Leute lachten und lärmten unter ihren Sonnenschirmen, und er, allein, fühlte sich nicht danach, an den Strand hinunterzugehen und ihn entlangzulaufen, fühlte sich nicht danach, die fröhliche Ausgelassenheit dieser Leute zu unterbrechen, die sich mit wenig, mit fast nichts begnügten an diesem brennendheißen Mittsommertag.

Er ging, ging bis unters Schloß von Baia und beschloß, dort ins Wasser zu gehen, um die schwüle Hitze loszuwerden, um seine Traurigkeit abzuspülen und den Schleier, der ihm immer noch vor den Augen hing.

In dem alten, leeren Haus unter dem Schloß, in das die Badenden gingen, um sich umzuziehen, um sich auszuziehen und um anderes zu tun, entdeckte der Cattivotenente zwei dünne Matratzen auf zwei Liegen und schmutzige Bettücher und schmutzige Kopfkissen.

Auch wenn sie schmutzig waren, es waren zwei Betten. Zwei zerwühlte, zerlebte Betten, zwei Betten, auf denen jemand geschlafen hatte.

Von außen besehen war es eine schöne, herrlich gelegene Villa, drinnen war sie heruntergekommen, baufällig, geplündert, Türen, Fliesen, Kacheln, Böden und was sonst noch völlig zerstört.

Vor langer Zeit mußte die Villa, die einmal einer neapolitanischen Gräfin gehört hatte, ein prachtvolles Gebäude gewesen sein.

Beste Lage, herrliche Aussicht, prächtige Balkone und Terrassen, die an das zeitlose Meer führten. Vor langer Zeit.

Jetzt war hier nur mehr Ekel. Und ringsherum Müll, und mitten in dem Dreck fanden die Badenden doch den Mut, sich mit ihren Handtüchern und dem restlichen Zeug auszubreiten und auf der Plattform auszubreiten, die vor langer Zeit den Villenbesitzern als Zugang zum Meer gedient hatte. Vor langer Zeit.

Jetzt war das Meer überschwemmt von durchziehenden Raubtieren, Familien, kleinen Gaunern, Hurensöhnen, Casettenrecordern, Snacks, Bier und Rülpsern.

Und der Cattivotenente warf sich ins Wasser, schwamm eine ausgedehnte Runde, zog sich dann auf ein Boot, das im Meer vor Anker lag, schaute in die Gegend, auf das Schloß, auf die verlassene Villa.

Und sah, auf einem der Balkone, einen jungen Schwarzen.

Genau vor dem Zimmer, in dem er die beiden Betten entdeckt hatte. Der junge Schwarze lehnte am Balkon und sah auf das Blau des Meeres, verloren, verzückt, vergessen, wie jemand, der mit offenen Augen träumt.

Carmine kehrte zur Plattform zurück, auf der Dutzende von Badenden sich irgendwie arrangiert hatten, ging dann zur Villa, um sich in dem Zimmer mit den zwei Betten umzusehen.

Außer dem jungen Mann auf dem Balkon war da noch ein zweiter Schwarzer, der ein Essen vorzubereiten schien, kleine Päckchen aus einer Plastiktüte holte und sie auf einem Holzstück ausbreitete, das ihm als Tisch diente.

Es war *ferragosto* auch für die beiden.

Und während der eine aufs Meer hinaussah und an werweißwenundwas dachte, an seine Familie, die Verlobte, die Ehefrau oder sonstwen vielleicht, währenddessen bereitete der andere das Essen vor, Mortadella, Käse, Brot, ein paar Biere.

Als der junge Schwarze Carmine entdeckte, lud er ihn mit einer Handbewegung zu Tisch.

Der Cattivotenente lächelte. War lange her, daß er zuletzt gelächelt hatte. Lächelte und nahm die Einladung an.

Die beiden kamen aus Ruanda und waren im Lande, um von

Markt zu Markt zu ziehen, auf Jahrmärkte und Dorffeste. Sie verkauften Bilder. Bilder, die sie in Napoli an der *ferrovia* kauften.

Luden das ganze Zeug in ihr Auto, fuhren nach Calabrien, Apulien, ins Cilento. Jetzt waren sie zurückgekehrt, weil ihnen die Ware ausgegangen war und sie darauf warteten, daß die Fabrik wieder öffnete, bei der sie sich eindeckten.

Hatten sich hierher verkrochen, der Tip war von einem Landsmann gekommen. Ganz im geheimen. Weil ein Ort wie dieser für sie Gold wert war. Für sie, die normalerweise gezwungen waren, im Auto zu schlafen. Mitten unter den Bildern.

Die Bilder verbanden den Cattivotenente mit den zwei Ruandern. Keiner von ihnen wußte es. Aber sie hatten einen gemeinsamen Freund. Obwohl sie es nicht wissen konnten. Brucewillis von der *ferrovia*.

28

Der Piranha wurde verletzt.

Wurde an einem Bein verletzt. Und nicht nur.

Wurde von einer Serie von Kugeln verletzt, die aus einer Beretta kamen.

Hatte den Supermarkt dichtgemacht, die drei Kassiererinnen und seinen Stellvertreter gegrüßt, war auf seine Suzuki gestiegen und hatte sich auf den Nachhauseweg nach Casoria gemacht.

Ein alter Alfa Romeo folgte ihm, aber das konnte der Piranha weder wissen noch ahnen. Immerhin hielt er sich fast für einen Boß, stark, entschieden, mächtig, unverfroren.

Er hielt wie jeden Abend an der Bar an, um einen Aperitif zu trinken, und als er ausstieg, waren da die Kugeln, direkt, sicher, kalt, gezielt, abgefeuert von einer ruhigen Hand, die wußte, was sie tat.

Der linke Schenkel, vielleicht auch etwas höher oder etwas seitlich.

Der Piranha sank zusammen, ohne auch nur Zeit zu haben, zu verstehen oder zu sehen, wer da auf ihn geschossen hatte.

Er schrie kurz auf und aus der gegenüberliegenden Bar Iris, wo jeder ihn kannte, stürzten sie herbei, um ihm zu helfen.

Der Schütze vergewisserte sich, daß niemand ihm gefolgt war und stellte dann den alten Alfa Romeo in der Garage des Einkaufszentrums ab.

Lehnte sich in den Sitz, drehte sich einen Joint und lachte, lachte lauthals, während das krächzende, irgendwo geklaute Autoradio ein altes Lied der *Dire Straits* spielte.

Der Piranha wurde inmitten einer Blutlache ins Krankenhaus Nuovo Pellegrini gefahren. Er rief nach seiner Mamma, immerhin war er nicht nur ein Aas, ein Bastard und ein Hurensohn, sondern auch ein junger Mensch von einundzwanzig Jahren.

Er wurde ohnmächtig und bekam nicht mehr mit, wie er in aller Eile in den OP gebracht wurde, wo die Ärzte die Kugeln aus ihm herausholten. Einige waren an einer sehr delikaten Stelle gelandet.

Als der von den Leuten in der Bar alarmierte Vater im Krankenhaus ankam und hörte, wie es um seinen Sohn stand, zertrümmerte er eines der Fenster zum OP und ging dann mit Fäusten und Füßen auf zwei Ärzte, den Chefarzt und drei Krankenpfleger los.

Er brüllte, fluchte und schrie lauthals drauflos, nie und nimmer hätten sie seinem Sohn den Hoden abnehmen dürfen. Zwei Schlägertypen standen hinter ihm.

Wie sollte sein Sohn jetzt weiterleben, mit einem einzigen Ei?

Nach einigen Stunden schafften es die Ordnungskräfte endlich, für etwas Ruhe zu sorgen, mitten in dem Chaos aus Trümmern und Glasscherben, schiefhängenden Türen und Stuhlfetzen, Opfer der blinden Wut von drei Männern, die es nicht fassen konnten, daß einem jungen Mann von einundzwanzig Jahren soeben ein Hoden amputiert worden war.

Es nützte auch nichts, daß die Ärzte erklärten, keine andere Wahl gehabt zu haben.

Da wurde dem Vater, den sie Hai nannten und der ein Hai war, intravenös Valium verabreicht, die beiden anderen beschuldigte man der Beamtenbeleidigung und der Zerstörung öffentlichen Eigentums und führte sie ab.

Wie im Delirium wiederholte der Vater immer wieder: »Mein Sohn, und nur mehr ein Ei?«

29

Der Leichenwagen der alteingesessenen Firma Bellomunno, gezogen von acht schwarzen Pferden, bog in den Corso Novara am Bahnhof ein und blockierte den gesamten Verkehr.

Den enormen Wagen und die prächtigen Rösser in eine Querstraße des Vasto-Viertels zu bekommen, an einem Vormittag Anfang September, und die Stadt lief längst schon wieder auf vollen Touren, das war selbst für den geschicktesten Kutscher des berühmtesten Bestattungsunternehmens Napolis zu viel.

Aber der Wagen mußte unbedingt in die Via Ferrara einbiegen. Das war Ehrensache.

Dreißig umtriebige Jahre im Dschungel der *ferrovia* Napolis verdienten Respekt, und Respekt hatte sich Don Antonio, der alte und geschätzte Wucherer, verdient, der in seinem Dorf gestorben, dessen Wille es aber gewesen war, daß die Beerdigungsfeierlichkeiten von jener Straße in der *ferrovia* ausgehen sollten, die ihn als obersten Herrscher erlebt hatte, als unangefochtenen König des Wuchers, zu Zeiten, als das noch ein völlig unverdächtiges Gewerbe gewesen war, man Geld Kartoffeln nannte und er sich einen Vermittler von Kartoffeln. Die Preise am Markt hatte er bestimmt. Und die anderen sich daran gehalten. Wenn sie leben wollten. Wenn nicht, nicht.

Dreißig Jahre und mehr hatte er die Szene bestimmt, auch wenn er in letzter Zeit etwas nachgelassen hatte, bis hin zur Krankheit, die ihn niedergeworfen und allmählich ausgelöscht hatte.

Begräbnis mit allem Pomp, alle Wucherer Napolis hatten sich seit den frühen Morgenstunden eingefunden, um auf den Sarg zu warten.

Da war einer gestorben, der eine Säule gewesen war, ein großer Brocken, einer, der auf seine Art auch Gutes getan hatte, einer, der für Frauen und Pferde ein Vermögen zum Fenster rausgeschmissen hatte, einer, der ein Blutsauger gewesen war, und alle wußten es, und trotzdem hatte er es nicht geschafft, großen Haß auf sich zu ziehen.

Deswegen waren sie alle gekommen, die Halsabschneider und Wucherer, auch die aus der Provinz, um Don Antonio Capezzuto ihre Ehrerbietung zu erweisen, ihm, der eigentlich aus Pompeji stammte, aber längst Napoletaner geworden war.

Nach einem ebenso schwierigen wie gekonnt absolvierten Manöver hatte es der Kutscher endlich geschafft, in das Labyrinth des neapolitanischen *vasto* einzubiegen.

Er hielt vor dem Tor in der Via Ferrara, durch das Don Antonio pünktlich jeden Morgen in sein Büro gegangen war, so als ob es der Eingang zur wichtigsten Bank der Londoner City gewesen wäre.

Ein Berg von Kränzen, Blumengestecken und Sträußen sollte den Verlust des großen, »für die *ferrovia* beispielhaften und unersetzlichen Menschen« Don Antonio beklagen.

Von Balkonen und Fenstern herunter erwiesen die Signore auf ihre Art dem Toten die Ehre, so wie es die Schmuggler taten, und die Pusher, die Anmacher und Werber, die Leute aus den Hotels, an ihrer Spitze Umberto der Portier aus dem Hotel Gelsomino, Freund und Feind des Don Antonio, schleimig und kriecherisch, traurig, schmerzhaft, ergeben, ein den Umständen angepaßtes Gesicht.

Vor allem aber waren die Kunden des Don Antonio gekommen, diejenigen, die sehr wohl einen Wucherzins gezahlt hatten, denen gleichzeitig aber auch geholfen worden war, Leute, die am Ende gewesen waren und keinen Ausweg mehr gesehen hatten, Leute, denen der alte Wucherer auf seine Art und Weise vertraut hatte, und nur wenige von ihnen, drei oder vier, hatten ihn betrogen, hatten nicht bezahlt, der Rest, viele, sehr viele im Lauf der Jahre, hatte Wort gehalten und war seinen Verpflichtungen bei dem Alten nachgekommen, der, falls es darauf ankam, auch deutlich werden konnte und sich Respekt verschafft hatte. Dies umso mehr, als er auf die Unterstützung einiger guter Freunde zählen konnte.

Es war ein trauriger Tag, für die *ferrovia* Napolis.

Sogar die Stadtpolizisten, die, falls sie überhaupt da waren, eigentlich dafür zu sorgen hatten, daß der Verkehr nicht zum Erliegen kam, schlossen an diesem Morgen beide Augen und gestatteten dem Leichenwagen, seine Manöver auszuführen, und der Trauergemeinde, den Sarg des alten Don Antonio ehrenvoll zu verabschieden.

Don Antonio, der das Leben geliebt, es genossen hatte, in vollen Zügen, es in sich aufgesaugt hatte, wie er immer sagte.

Er tanzte für sein Leben gern und er hatte bis an sein Ende getanzt.

Er hinterließ eine Leere und ein großes Durcheinander bei den Wucherern, inklusive einer kleinen Vorfreude bei denen, die es gar nicht abwarten konnten, den Markt zu übernehmen.

30

La Carogna, das Aas, war einer, der dem Cattivotenente noch Geld schuldete. Geld für einen Job, den Carmine bereits vor Monaten gemacht hatte. Geld, das Carogna ihm eigentlich in monatlichen Raten überweisen wollte; er hatte ihm sein Ehrenwort gegeben, hatte gesagt, Carmine könne ruhig Verpflichtungen eingehen, wenn es notwendig sei, weil er seinerseits zweifellos pünktlich seiner Verpflichtung nachkommen werde.

Und Carmine, der mitten im Dreck saß, hatte sich daran festgehalten, aber nach einem Monat bereits hatte Carogna gesagt, er müsse die monatliche Rate halbieren, weil da ein paar Probleme aufgetaucht seien.

Der Cattivotenente, obwohl mit Problemen und Schwierigkeiten überhäuft, hatte akzeptiert, weil er sein Geld nicht ganz verlieren wollte. Er litt, wenn er im Büro des Carogna vorbeischaute, um sein Geld einzukassieren. Er kam sich vor wie ein Geldeintreiber, ein Schmiergeldkassierer, ein Camorrista.

Das war die Situation, in die ihn Carogna gebracht hatte.

Aber Carmine brauchte das Geld. Und hatte längst begriffen, daß Carogna eben ein Aas war, einer, dem man nicht trauen konnte, ein Bastard, der dir nie in die Augen sah.

Und einer, der dir nie in die Augen sieht, ist einer, der dich früher oder später verrät. Es schien, als ob Carogna das Geld, das er ihm gab, jedes Mal verfluchen würde.

Und dann fand er eine vollkommen absurde Ausrede, um die Zahlungen ganz einzustellen.

Zwanzig Millionen war Carogna ihm noch schuldig.

Zwanzig Millionen, die der Cattivotenente wiederum an seine Gläubiger weiterzugeben hatte.

Carmine hatte mit einer Werbekampagne für die Ladenkette des Carogna gute Arbeit geleistet. Elektroartikelgeschäfte, die schönes Geld brachten, Geld über Geld. Aber Carogna behauptete, die Finanzbehörde wäre hinter ihm her, alte Steuerschulden, weswegen er die Zahlungen an Carmine einstellen müsse.

Carogna wußte, daß Carmine in der Scheiße steckte, aber weil er eben ein Aas war, machte er sich nicht die geringsten Skrupel, und als ob Carmine eine Kakerlake wäre, zögerte er keinen Augenblick, auf ihn zu treten.

Der Cattivotenente aber wußte, daß es nichts nützte, laut zu werden, sich zu ärgern, seine Rechte einzufordern. Es war ihm klar geworden, mit wem er es zu tun hatte.

Also tat er so, als ob er bereits sein ganzes Geld bekommen hätte. Der Rest, Amen. Und ab in den Abfluß. Zusammen mit den Ratten, den Kakerlaken, der Scheiße. Der Scheiße, in die der Cattivotenente Carogna nur hineinwünschen könnte.

Carogna wußte im Innersten, daß er ein Niemand war, ein Nichts, weniger als Nichts. Und er wußte, daß Carmine Santojanni Begabungen hatte, die er mit Gold aufgewogen hätte, wären sie ihm zugeflogen. Denn Carogna war nicht begabt. Er war nur geil darauf, ganz oben zu stehen, der Größte in Napoli zu sein, der Unübertreffliche, der, um den sich alles drehte.

Er hatte Würde, der Cattivotenente, und auch wenn er schwer getroffen gewesen war, damals, als ihn Corogna wissen ließ, daß er seinen Verpflichtungen nicht weiter werde nachkommen können. Er hatte alles getan, um es dem Drecksstück, das ihm da gegenübersaß, nicht anmerken zu lassen. Er hatte freundlich gegrüßt und war gegangen. Ohne ein weiteres Wort zu verlieren. Ohne aufzublicken ging er den Corso Garibaldi entlang.

An diesem feuchten Tag Anfang September. Heiß, drückend, feucht. Er lief durch die Gassen, der Schweiß stand in Perlen auf seiner Stirn.

Verloren. Verloren unter diesen Menschen, die weniger hatten als er und die ihm Bruder Schwester Mutter Onkel Cousin Enkel und Sohn waren.

Diese niedergeschlagene, blinde, verzweifelte, von Hitze und Fett der überhängenden Bäuche und geschwollenen Füße beleidigte Menschheit, die bereit war, sich und all das zu Markte zu tragen, was ihr Eigen war, überschwemmt von einem Meer geschmuggelter Zigarettenstangen und gefälschter Markenartikel, an denen Zettel hingen, »billigbillig« oder »allestausendlire«. Diese Menschheit mit ihren Gesichtern, die nicht mehr wußten, wohin sie sehen sollten, und ob überhaupt, ob sie ihre Augen schließen sollten oder niederschlagen.

Frauen, die aussahen, als gehörten sie zum Stamm der Sioux mit ihrem Haar aus Silberfäden, türkische Frauen, osmanische, dunkelschwarze Spanierinnen mit noch schwärzeren, aufgetürmten Haaren und langen Hängeohrringen, und die Füße wollen nichts als raus aus den Sandalen und Stöckelschuhen, Schlappen und Sayonares.

Füße, die eigentlich loslaufen wollen, losgehen, vorwärtskommen und kennenlernen, und statt dessen stehen sie da und warten auf irgendwelche Käufer, Zigaretten, billigbillig, Haschisch, alles was du willst, alles was du brauchst, in diesem Stadtviertel, das Napoli jeden Tag in ein Babel verwandelt.

Eine Stadt, in der du dich verstecken kannst, vermummen, verschwinden, versinken, zwischen Vico Guardia, Vico Pergola, Vico Finale, Vico Martiri d'Otranto, bis Sant'Anna a Capuana, wo das Labyrinth sich öffnet, aber seine Farbe, sein Gestank, sein Schweiß an dir haften bleibt, der Schweiß dieser Menschheit, die sich für billigbillig verkauft.

Der Cattivotenente durchquerte die Kasbah, der Schweiß lief ihm längst über Gesicht, Hals und Brust, und als er auf den Ponte di Casanova kam, sah er, daß eine alte, heruntergekommene Hure ihm ein Zeichen gab, ihr zu folgen, gerade vor dem Eingang zum Hotel Casanova. Er war müde, erledigt, zerstört, verzweifelt, drinnen und draußen, er hatte wenig zu geben und zu sagen, nicht einmal einer alten, zahnlosen Hure, und deswegen verschwand er in einer Abgaswolke, die ein alter halbmaroder Autobus der *Tranvie Provinciali* ausstieß, einer dieser blauen Busse für den Verkehr ins Umland, einer dieser Busse, die die Bauerntölpel ankarrten aus Acerra, Afragola, Crispano, Fratta, Orta di Atella und Cesa und sie an der Porta Capuana abluden, eine andere Menschheit, neugierig und geil, die in die Stadt kam auf der Suche nach neuen Erfahrungen und billigem Sex und Rotlichtkinos, die nach eingetrocknetem Sperma rochen und nach öffentlichen Bedürfnisanstalten.

31

Franco, der Stricher vom Hotel Gelsomino, ließ sich in der Szene JoeBuck nennen, wie der Cowboy im Film *Asphalt Cowboy*.

Franco kam aus Afragola, aus dem vergessenen, berglerischen Hinterland Napolis, eine Art Country-Gegend, die in den letzten zehn Jahren eine vollkommen unkontrollierte Bauexplosion erlebt hatte.

Aber Afragola war Franco zu eng geworden. Er fühlte sich nicht verstanden.

Und nachdem er einen beachtenswerten Schwanz sein eigen nannte, hatte man ihm geraten, sein Glück in der Stadt zu suchen, was er dann auch tat, und also stand er eines regnerischen Morgens vor dem Hotel Gelsomino, wo Umberto der schmierige Portier sich selbst von seinen Attributen überzeugen wollte. Hinter einem Stück schmutzigem Tuch und mit der Ausrede, er müsse die Dinge abschätzen, betastete, berührte, befühlte er den Schwanz, bückte sich nach unten mit der Ausrede, er müsse den Geschmack testen, und leckte ihn, bis er sich über und über mit Francos Sperma bespritzt hatte.

Nachdem er sich, so gut es eben ging, gereinigt hatte, sagte Umberto der Portier: »Es kann funktionieren... Aber laß es dir nicht zu Kopf steigen. Du wirst das tun, was ich dir sage, wirst fünfzigtausend Lire bekommen für jedes Treffen und keine Fragen stellen. Ich verkaufe dich, wie es mir paßt, je nach Anfrage und Kunden. Wenn das in Ordnung ist für dich, kannst du heute abend anfangen, und sonst versuch es eben irgendwo anders, aber besser als ich wird dich keiner behandeln; die *ferrovia*, das bin ich.«

So hatte es angefangen mit FrancoJoeBuck in der *ferrovia* Napolis, in den Diensten des Signor Umberto.

Abends nahm er immer den letzten Bus aufs Land und fuhr nach Hause.

Zu Beginn. Dann hatte er begriffen, daß es so nicht weitergehen konnte und besorgte sich in Pontirossi, direkt neben der Autobahn, ein Zimmer.

Franco wußte nicht und konnte es auch nicht ahnen, daß der Portier ihn zu Anfang für dreihunderttausend Lire verkauft hatte, dann aber, bei all dem Erfolg, den Preis auf fünfhunderttausend Lire gebracht hatte, die direkt in seine Tasche wanderten, während die fünfzigtausend Lire, die er vor den Damen und Herren Kunden als seinen Anteil deklarierte, an Franco gingen.

Anfänglich waren vor allem Schwule die treuesten Kunden Francos, dann, allmählich, tauchten auch Frauen auf, Witwen, Huren, Nymphomaninnen, die Freundinnen der Freundinnen, die eine sagt's der anderen, auf jeden Fall hatte der arme Franco bald keine Ruhe mehr.

Sie genossen es mit ihm und sie kamen wieder und dann wollten sie mehr und immer mehr und das alte Schwein unten in der Portiersloge trieb den Preis nach oben und an Franco reichte er noch immer nur die fünfzigtausend Lire pro Nummer weiter.

Unter all den anderen war auch die Signora Dora. Das eine Mal.

Dann kam sie wieder und sagte, sie wäre zu allem bereit. Und Franco bekam weiterhin die fünfzig. Und der Portier kassierte, wieviel er wollte.

Beim zweiten Mal berührte die Signora den Himmel und sah das Paradies. Dieser junge Mann hatte ihr gefehlt, sein Körper, sein Blick, sein Andachtsschwanz, die Traurigkeit in seinen Augen, seine angespannten Nerven.

Und als sie ihn zum dritten Mal getroffen hatte und zum vierten Mal, war er längst ihre Droge geworden. Ein verzweifelt notwendiger Stoff, ein Rauschgift, für das sie alles tun würde. Alles.

32

Carmine Santojanni, der Cattivotenente, träumte von Las Vegas.
Dieses tagsüber graue Amerika, das sich abends verwandelte und ein leuchtend strahlend glühend glänzendes Etwas wurde.
Er träumte von den Spielcasinos. Den tausend Leuchtschriften, den Lichtern, den Farben, den Roulettes, den Bakkarat-Tischen, den tausenden und abertausenden Slotmachines, und er sah sich in seinem amerikanischem Traum vor einem Berg Geld unter befreundeten Croupiers, dieses Las Vegas blieb ihm vor Augen und er lachte in sich hinein, auch wenn seine Augen gerade geschwollen waren und er wegen der einen oder anderen Sache und der ganzen Geschichten, die immer wieder schief liefen, eigentlich gerade am Explodieren war.
Er wollte dieses Amerika, Carmine Santojanni, weil er es an seinem Leib spürte, in sich, um sich, aber die Zeit war ihm zwischen den Fingern zerronnen, inzwischen sah er dieses Amerika nur mehr von fern, weit entfernt, beinahe unmöglich schon.
Und trotzdem wollte er dieses Amerika, weil es eben Amerika war.
Dieses Amerika der Mafia, der Camorra, der Gauner, der Spielhöllen, des Glücksspiels, Droge Droge Droge, überall Kokain und jederzeit, in den Nasen, den Klos, den Straßenecken, unter den Schwarzen, den Puertoricanern, im Koreanerviertel von Los Angeles, in den Ghettos der Bronx, unter den drittklassigen Hostessen der viertklassigen peruanischen Fluglinien genauso wie der bolivianischen, die kamen und gingen und Tüten voller Kokain und Geldscheine in den doppelten Böden ihrer Taschen transportierten, die Hostessen...
Dieses Amerika der Wüsten, in denen die Löcher bereits ausgehoben sind für diejenigen, die nicht funktionieren, wie sie sollen, die versuchen, die Schlauen zu spielen, die sich nicht an die Abmachungen halten, die ihr eigenes Ding drehen... Diese riesige Wüste, die Las Vegas umgibt, dieses Las Vegas, das bei Nacht und von oben besehen aussieht wie ein großes leuchtendes Viereck, und ringsherum das Schwarz des Wüstensandes.

Und die Distriktpolizisten und die Gouverneure, die ihren Teil haben wollen, Briefumschläge einstecken, die Augen verschließen vor all dem Illegalen, das in den Casinos vor sich geht, und währenddessen fließen sie, die Geldströme, und fließen und landen in einem Geheimzimmer, zu dem keiner Zugang hat, nur die, die wirklich zählen, und sahnen Dollars ab und stecken ein und verteilen Schmiergeld an die, die eigentlich hätten kontrollieren sollen, und so bescheißt man dieses seltsame System der Augen, die wieder andere Augen kontrollieren sollten, aber das Spiel war längst schon viel zu groß geworden, zu groß ist der Kuchen, und auch wenn du ein paar Erdbeer- oder Schokoladestücke mitgehen läßt, wird das niemand je feststellen können... Denn auch die Buchhalter wissen, wie man die Unterlagen zum Schweigen oder zum Reden bringen kann und die Karten zinken, und Kontrollen?, was ist das und wo? Wer wird sich schon die Mühe machen, die Millionen und Millionen durchzuackern, die durch ein Spielkasino fließen, das nur eines von vielen ist, in das Jahr für Jahr Millionen und Millionen von Spielern kommen, um Dollar um Dollar dazulassen, Geldschein um Geldschein, weil das eigentliche und unumstößliche Gesetz von Las Vegas folgendes ist: Wer spielen will, muß seine Dollars dalassen, auch wenn er für kurze Zeit etwas anderes gehofft hat. Und wenn er gewinnt und geht, muß er eben beim nächsten Mal alles dalassen.

Das war das Las Vegas, das war die Stadt, die dem Cattivotenente durch Kopf und Herz ging, einem längst schon am Ende angekommenen, vollkommen fertigen, einem Leben lang auf Null hinuntergebremsten Cattivotenente, der nichts mehr von Träumen und Wüsten, Spielkasino und Bakkarat oder Slotmachines wissen wollte, nichts von alten Frauen mit Zigaretten im Mundwinkel, und immer auf dem Sprung, sich irgendeinen Gigolo einzuverleiben, nichts von Gouverneuren oder Senatoren, die sich mit rundkurvigen, atemberaubend blasengelhaften Tänzerinnen ins Separeé zurückzuziehen, während das Geld weiter in Strömen floß und niemand und keiner den Fluß je würde stoppen können...

Und während Barry White *Just the way you're* sang in einem Auto, das ein amerikanisches sein wollte aber nie eines sein würde, während Carmine Santojanni auf dem Weg nach Hause war, schnitt ihm ein weißer Transporter den Weg ab.

Dann verfolgten sie ihn, und Carmine dachte, sie wollten Streit anfangen, also verlangsamte er und sah, daß in dem Transporter einer saß, den er kannte, rief ihn beim Namen und schon hatte ihn der andere auch erkannt, ein früherer Schulfreund, etwas rundlich geworden und gealtert, aber trotzdem hatte er ihn erkannt, und obwohl es Carmine eigentlich gegen den Strich ging anzuhalten, fuhr er rechts ran; der andere war schon aus dem Transporter gestiegen.

Das Radio spielte immer noch seinen amerikanischen Song und der Freund, der inzwischen für die gemeindeeigene Steuereinnahmestelle arbeitete, erklärte ihm, immer mit einem Lächeln auf den Lippen, daß sie gerade zu seiner Wohnung unterwegs waren, um ihn zu pfänden. Irgendwelche Geschichten von noch nicht bezahlten Steuern, Gas- oder Stromrechnungen, Bußgeldern, alles Dinge, die Carmine so lange als möglich von sich ferngehalten hatte, dann war es zu spät gewesen und jetzt saßen diese Geschichten in einem Transporter und fuhren zu seiner Wohnung und hatten sich gerade diesen alten Klassenkameraden ausgesucht, um ihm das alles auf den Tisch zu legen.

Er war überrascht und überrumpelt worden und drückte seinem Schulfreund fest die Hand, vor allem als der ihm mitteilte, daß sie seinetwegen ein Auge zumachen würden, falls er in ihrem Büro vorbeikommen würde, um die Geschichten irgendwie in Ordnung zu bringen.

Es war eine seltsame Art und Weise, einen Tag zu beginnen, aber nun war es mal so.

Er stieg wieder in sein Auto, die letzten Noten des von ihm so geliebten Liedes hingen noch in der Luft, er sah auf den Transporter, der eben losfuhr, dachte an den Zufall, und...

... und er dachte daran, was für ein Scheißleben er zu führen hatte, dachte, daß er längst schon die Schnauze gestrichen voll hatte von diesem Leben zwischen Illegalität und Herzrasen, gejagt wie ein Bandit und schlimmer noch.

Er dachte, daß es vielleicht Zeit geworden war, seinen Mut zu zeigen, falls da noch etwas davon übriggeblieben war, seine Eier, falls er noch welche hatte, seine Krallen, falls er sie noch spüren sollte, seine Nerven, die ihn so lange am Leben erhalten hatten, irgendwie.

Er dachte, daß die Zeit gekommen war, nicht mehr einzustecken, keine Schläge mitten ins Gesicht, von niemandem, auch wenn ihn das Leben gebeutelt und geköpft, gekränkt und getreten hatte...

Terra mia, terra mia comme è bello a la penzà.
Terra mia, terra mia comme è bello a la guardà...

Mein Zuhause, mein Zuhause, es ist schön, an dich zu denken.
Mein Zuhause, mein Zuhause, es ist schön, dich anzusehn...

33

Scintillone und der treue Vincenzo hatten auch in Scauri keine Gastfreundschaft gefunden. Die Situation dort war noch unmöglicher gewesen als in Mondragone.

Sie hatten sich auf die Reise gemacht in der verdammten Hitze, per Autostop von Mondragone nach Scauri, und dann stellte sich heraus, daß der Freund, der sie eigentlich hätte aufnehmen sollen, untergetaucht war, und schuld daran war ein Einbruch, den er in einer Wohnung versucht hatte, in die sich ein Carabiniere aus Napoli eingemietet hatte.

Daraufhin hatten die beiden die Zeichen der Zeit verstanden und beschlossen, nach Napoli zurückzukehren und sich den Dingen und ihrem Lauf zu stellen.

Carmela hatte einen August voller Höllenqualen damit verbracht, in der Salita Concezione a Montecalvario auf den Cattivotenente zu warten. Und der hatte sich nicht blicken lassen.

Sie hatte von einem Ausflug nach Sorrento geträumt, nach Ischia oder Positano, und dann war wieder nur der August schwül über ihr feuchtverbrühtes Fleisch hergefallen, das sich nach nichts anderem sehnte als nach dem Fleisch des Cattivotenente, dessen Anblick allein sie in den Irrsinn trieb.

Signora Dora und FrancoJoeBuck der Stricher waren dazu übergegangen, sich außerhalb des Hotels Gelsomino zu treffen. Was wiederum Umberto dem Portier gar nicht gefiel, weil er nicht blöd war.

Er schickte Franco eine Nachricht über einen seiner Mittelsmänner, in der er ihn einlud, wieder auf das Hotel zurückzukommen, und gleichzeitig eine Gehaltserhöhung versprach.

Aber Franco hatte längst abgehoben, und die Signora hatte auch schon längst abgehoben, längst schon kam er ins Haus, schließlich war der Ehemann selten da.

Franco hatte längst abgehoben, weil die Signora ihn Geld sehen hatte lassen, viel Geld, Geld, das sie auf irgendeinem Sparbuch zur

Seite gelegt hatte, längst schon war sie süchtig geworden nach seinem Schwanz und seinen Augen. Franco brachte sie acht- und neunmal zum Orgasmus, eine menschliche Flut, ein Ausbruch von Sinnlichkeit und Fleisch, der aus den Augen der Signora floß, die ihre Schwester um Hilfe gebeten hatte, um ihre Kinder für ein paar Tage loszuwerden. An diesen Tagen war die Signora glücklich und verrückt.

Und FrancoJoeBuck, längst ein leicht verblödeter und von der Kohle und den Umgangsformen der Signora angefixter Stricher, fand sich plötzlich in einem viel größeren Spiel wieder, ein Spiel, das auf eine Tragödie hinauslief, auf einen schlimmen Ausgang. Umberto der Portier ließ ihm über die üblichen Mittelsmänner die zweite Nachricht zukommen, aber Franco war überzeugt davon, keine Herren zu haben und keine Aufseher.

Der Piranha kehrte nach Hause zurück, »mit dem einen Ei«, und tauchte sofort in eine Depression ab, obwohl die Ärzte ihm versichert hatten, daß es auch mit einem Hoden möglich sei, sich fortzupflanzen.

Er kam sich verstümmelt vor und in seiner Männlichkeit angegriffen, und seine Männlichkeit war, zusammen mit dem Geld, alles gewesen, was er im Leben gehabt hatte.

Sein Vater, der Hai, hatte im Milieu eine große Summe ausgelobt für die, die ihm helfen würden, den zu finden, der auf seinen Sohn geschossen hatte.

»Ich will ihn lebend..., ich und er in einem Zimmer für ein paar Stunden. Ich weiß, was ich zu tun habe.«

Er war beleidigt worden, mehr noch als sein Sohn, und wann immer es ihn ansprang, wiederholte er: »Besser hätten sie ihm die Leber rausgeschnitten... Aber nicht das Ei, das Ei nicht!«

34

Capa 'e bastone war eine alte Tunte, die sich die Jungs von der Straße holte, von ihrem Fenster in der Via Salvator Rosa herunter, nahe am Museum, Richtung Aranella.

Man hatte nie genau gewußt, welchen Beruf sie hatte, sicher war nur, daß sie pünktlich jeden Nachmittag um fünf nach Hause kam, gerade so lange blieb, wie man braucht, um ein Häppchen zu essen, und schon war sie wieder an ihrem Platz, an ihrem Fenster, wie immer mit einer Zigarette zwischen den Lippen.

Lippen, die viel gesehen hatten, dauergeschäftig schwatzende Lippen, die den jungen Männern der Stadt weißgottwasalles versprochen hatten, damals, als die Stadt noch etwas argloser war und mit ihr deren Söhne, als noch saubere junge Männer durch die Straßen zogen, die Schwierigkeiten hatten, an die sauberen jungen Frauen zu kommen, goldene Zeiten für die Schwulen, ein Traumland wie Amerika, und Capa 'e bastone hatte immer zu tun, da waren junge Männer zu befriedigen, Geschenke zu besorgen, Verabredungen zu treffen, hie und da eine Pizza auszugeben und dann ab ins Auto, Capa 'e bastone bückte sich mit ihrem weißgetünchtem Gesicht tief über den Unterleib der Jungen und trank und trank, um ihre Geilheit zu lindern, während die alte Mutter zu Hause auf »diesen eigenartigen Sohn« wartete, der nie heiraten wollte und bei ihr im Haus geblieben war, um ihr Gesellschaft zu leisten. Lebenslängliche Gesellschaft.

Es war ein trauriges Leben, das Mario zu führen hatte, den sie wegen seiner etwas eigenartig länglichen Kopfform, die vage an den Knauf eines Stockes erinnerte, Capa 'e bastone nannten. Ein Leben, das ihm unter den Fingern zerronnen war bei all den Versuchen, seine offensichtliche Andersartigkeit zu verstecken, sein tuntiges Reden, seine Art, sich zu geben, die ihn immer und überall verriet.

Ein Leben, das er zum großen Teil an seinem Fenster verbrachte, darauf wartend, daß ihm der stockende Verkehr jemanden ans Fenster spülte, darauf wartend, daß irgendeiner der Jungs, die da unter seinen Klauen vorbeizogen, auf einen seiner Zurufe anbiß, immer dieselben Ausreden, Vorwände, anerkennenden Pfiffe, »sag mal, wie spät ist es eigentlich? Wohin gehst du denn, so ganz allein, wieso kommst du nicht hoch, auf einen Kaffee?« Ein gekonntes Augenzwinkern und Capa 'e bastone hatte es wieder einmal geschafft.

Es klappte nicht immer, es gab immer wieder Ärger, vor allem, wenn er an einen Jungen geraten war, der ihn von der Straße herauf lauthals verarschte und auf jede nur mögliche Weise beschimpfte. Dann zog er sich blitzschnell ins Zimmer zurück, schloß das Fenster und wartete einige Zeit ab, bevor er sich wieder zeigte.

Wenn es gut ging, war's gut, Mutter saß in ihrem Zimmer auf einem Stuhl, und er kümmerte sich um den Jungen, der gerade an der Reihe war; normalerweise zeigte er ihm ein paar Ausschnitte aus einem Pornofilm oder Pornohefte, die Phantasie und die Neugierde des jungen Mannes wurden angeregt, längst schon war er in den Händen der alten Tunte, Hosen auf, Massage an Schwanz und Eiern, noch bevor er so richtig begreifen konnte, wie ihm geschah. Und als der Schwanz im Mund verschwunden war, war es längst schon zu spät, um noch irgendetwas zu begreifen, diese Zunge war eine Expertenzunge und wußte wie und wo und wann, und so kam Capa 'e bastone in den Besitz der schönsten Erektionen des Viertels, die jungen Männer reichten den Tip weiter, vor allem wegen der zweitausend Lire, die ihnen die alte Tunte unten am Eingang zusteckte, hinterher. Zweitausend Lire in einem Napoli, als Napoli noch die Stadt der *Hilfskasse für den Süden* war, eines durch nichts zu kontrollierenden Südens, eines vergessenen Südens, als Napoli noch die Stadt des *Wer gegeben hat, hat gegeben, und wer bekommen hat, hat bekommen* war.

Capa 'e bastone war das Altern nicht gut bekommen, und als ihre Mutter starb, hatte sie die Wohnung in der Via Salvator Rosa aufgegeben und war zu einer schwulen Freundin gezogen, eine, die den Männern, die sie aufriß, immer erzählte, sie sei Sekretärin, was ihr aber keiner glaubte, wegen ihres Alters, der Häßlichkeit, der Dummheit, den fehlenden Zähnen und dem ganzen Rest, der doch sehr zu wünschen übrig ließ, und dann waren da vor allem ihre dicken, geschwollenen Augen, die aus den Höhlen zu fallen schienen, und wegen ihrer muschelförmigen Augen nannte man sie Uocchie 'e vongola. Sie konnte sich darüber fürchterlich aufregen, aber dazu war es längst schon zu spät, inzwischen war sie für alle die Uocchie 'e vongola, auch wenn sie immer noch auf der Sekretärin beharrte und in den Quartieri Spagnoli wohnte, was anno dazumal noch ein Stadtviertel war, das Angst machte, ein Viertel, das die Stadt noch nicht für sich wiederentdeckt hatte, die Quartieri Spagnoli waren bevölkert von Nutten Transvestiten Transsexuellen Kleinganoven Syphilis Tripper Pistolen Messern Schmuggel und Amen.

Im *basso* der Uocchie 'e vongola in der Via Lungo Gelso hing ein äußerst eigenartiger Geruch in der Luft, ein Gemisch aus Lavendel und Trockenblumen, Patschuli, trockenem Sperma und dem Schimmel, der sich an der Decke gebildet hatte, seit vom oberen Stockwerk Wasser nach unten gesickert war. Der Besitzer hatte keine Lust, die Sache in Ordnung zu bringen, und als Uocchie 'e vongola protestierte, sagte er nur: »Wieso sollte ein Mann wie ich irgendeine Arbeit tun für eine Dreckstunte, wo gibt's denn sowas?«

Der Rest war Geschrei, Gekreisch und Hysterie, Uocchie 'e vongola beruhigte sich erst, als die Nachbarinnen im *basso* zusammenliefen und ihr dazu rieten, das Ganze einfach zu vergessen und sich nicht über den alten Sack zu ärgern, der eh nur hinter jungen Mädchen her war.

So richtig beruhigte sich Uocchie 'e vongola erst, nachdem sie sich den Burschen aus dem Wurstgeschäft hatte kommen lassen mit der Ausrede, sie hätte etwas Fieber und den Einkauf gern ins Haus gebracht; dann zeigte sie ihm einen Fünftausendlireschein, schloß die Tür zum *basso* und öffnete die Hosentür des Burschen, der immer noch mit dem Wurstpaket in der Hand dastand, und blies ihm einen, mit der Grandezza und der Geschicklichkeit einer alten Meisterin eines Pariser Puffs.

In der Gasse kannte man sie längst und man wußte: Wenn sie morgens schon damit beginnt, auf den Schimmel und den Wohnungsbesitzer zu schimpfen, ist ihr die Lust nach dem Wurstjungen wieder gekommen, und die alten Tratschweiber kommentierten: »Heut morgen ist sie wieder mit dem falschen Bein aufgestanden.«

Bis der Wurstjunge aus purer Verzweiflung Arbeitsplatz und Viertel wechselte. An seine Stelle trat ein Monster von einem jungen Mann, äußerst häßlich, und plötzlich verstummten die Beschimpfungen des Besitzers der Wohnung vom ersten Stock.

»Aber ich werde ihn finden«, sagte Uocchie 'e vongola, »auch wenn ich ganz Napoli schon abgelaufen bin, ich werde ihn finden, den Nichtsnutz. Was denkt der sich, verschwindet, ohne sich von mir zu verabschieden, nach all dem, was ich für ihn getan habe, das ganze Geld… Er hat mir meinen Einkauf ja nicht gratis gebracht, jedesmal habe ich ihm…, jedesmal eine schöne Summe. Das ist mir ein schöner Ex-Verliebter.«

Uocchie 'e vongola war jetzt über fünfzig Jahre alt, sah sehr viel älter aus und schlug sich mit einer chronischen Hepatitis herum, die sie Monat für Monat magerer und gelber werden ließ. Und trotzdem war sie voller Leben und Unternehmungslust, ließ sich nicht entmutigen, in ihrem *basso* schmiß sie Feste, organisierte Geburtstagsfeierlichkeiten für Schwule und Tunten ihres Zuschnitts, phantasievolle Kolleginnen, manchmal auch etwas jünger, die am San Carlo, an der Literanea, am Corso und an der Marina auf den Strich gingen.

Seit Capa 'e bastone zu ihr gezogen war, hatte Uocchie 'e vongola ihr Leben etwas geändert, sie schlug sich mit dem einen oder anderen Blowjob durch, den sie irgendeinem sturzbetrunkenen amerikanischen Soldaten abnötigen konnte oder einem dieser geilen alten Männer, und für den Rest lebten sie von der Rente der Capa 'e bastone, die sich aus Einsamkeit und Anteilnahme mit der Kollegin zusammengetan hatte, vor allem aber, um ein Dach über dem Kopf zu haben und einen Teller auf dem Tisch, eine Schulter, an der man sich ausweinen und auslassen konnte, eine Freundin, die manchmal zur Rivalin wurde, eine, mit der man streiten konnte und abends vor dem Fernseher ein paar Worte wechseln, um die Langeweile totzuschlagen und das Nichts ihrer beider Leben, die im Laufe der Zeit fade, unnütz, holprig geworden waren, nur mehr ein Rest ihrer selbst, und an die Stelle der Frische früherer Zeiten war die Gebrechlichkeit getreten und das Alter, und solange du ein junger Schwuler bist, ist das noch eine Sache, da ist die ganze Welt mit dir, auch wenn sie gegen dich ist, aber wenn du dann alt wirst, wird es sogar schwierig, jemanden zu finden, der sich einen blasen lassen will, und wenn du ihn findest, will der hinterher auch noch bezahlt werden, weil er überzeugt davon ist, daß er dir einen Gefallen getan hat. Die Wahrheit ist, daß er dir wirklich einen Gefallen getan hat, vor allem wenn's ein junger, schöner undsoweiter Mann war.

Aber dann endet es doch damit, daß du dich verliebst und den Kopf verlierst, und das kannst du dir lange schon nicht mehr erlauben, weil du ihn nicht aushalten kannst, und also? Der Traum verschwindet und verblaßt und du findest dich in deinem *basso* am Vico Lungo Gelso wieder, du und Uocchie 'e vongola, eine häßlicher als die andere, eine älter als die andere, die eine mit einem Bauch und die andere dürr, gelb, zirrhotisch, aber zwei hartgekochte Eier in einem Topf machen mehr Lärm als eines und deswegen ist es gut so und laß uns nicht mehr daran denken...

35

»Der Leib Christi.«
  »Amen.«
  »Der Leib Christi.«
  »Amen.«
  »Der Leib Christi.«
  »Amen.«
  »Der Leib Christi.«

Und während Carmine Santojanni sein Amen sagte, lächelte Padre Mario ihn an und war froh, einem Menschen die Kommunion geben zu können, den er mochte und den er schon lange nicht mehr gesehen hatte, und deswegen lächelte er fröhlich, friedlich, heiter.

Und flüsterte ihm zwischen unbewegten Lippen zu: »Nachher. Warte drüben auf mich.«

In einer kleinen Kapelle in einem Krankenhaus der Kamillianer am Rande Napolis, zusammen mit alten Frauen, die die lateinischen Sätze vollkommen falsch sangen, so saß der Cattivotenente da und hörte der Messe zu, und das alles, weil er erfahren hatte, daß Padre Mario, den er vor einiger Zeit kennengelernt, aber schon längst wieder aus den Augen verloren hatte, daß dieser Padre Mario in diesem Krankenhaus nachmittags die Messe las.

Carmine hatte all seine Wut mitgebracht, seine Stinkwut auf diese Welt, seine Unduldsamkeit und seine Qual.

Der Cattivotenente war verlorengegangen in diesem Leben. Er hatte den Kamillianerpater aufgesucht, weil der ihm, als sie sich zum ersten Mal getroffen hatten, dabei geholfen hatte, sich aus einer seiner schwierigen Lebenslagen herauszuziehen, Carmine war von ihm beeindruckt gewesen, obwohl er bis dahin nichts wissen hatte wollen von Priestern, Kirche, Beichte, Kommunion und ähnlichem Stumpfsinn, ein paar Monate lang hatte er teilgenommen an irgendwelchen charismatischen Treffen des Padre Mario, als dann aber die Schwierigkeiten sich etwas gelegt hatten, war er wieder davon abgekommen und zu seinen Lastern zurückgekehrt, seinen Schwächen, seinen Versuchungen. Der Cattivotenente hatte es kaum glauben können, daß ein verdammter, verrückter, ungläubiger Hurensohn wie er in diesen Treibsand hatte geraten können, an Versprechungen, die eigentlich für alte Weiber gedacht waren, die Angst vor dem Tod hatten und die in die Kirche pilgerten, ohne recht zu wissen wieso. Er hatte das ganze katholische Zeug immer für verwischtes Wortgeschwafel und Blödgerede gehalten, Machtmißbrauch im Namen Christi und der römischen Kirche.

Dieser Priester aber hatte ein wunderschönes Leuchten in seinen Augen. Carmine hatte das zugeben müssen, wenigstens sich selbst.

Als er damals zu diesen Treffen gegangen war, war Frieden über seine Seele und seinen Körper gekommen, die ewige Unruhe und die Qual und das Leiden waren wie verschwunden. Auch wenn sie später wiedergekommen waren. Zumindest während der Treffen fühlte er sich wie eine andere Person.

Als er das erste Mal mit dem Kamillianerpater gesprochen hatte, als er ihn umarmt, seine anteilnehmenden Worte gehört hatte, hatte der Cattivotenente den Kopf gesenkt und war ins Schwanken geraten. Wankte innerlich. Mit einem Male brach all das zusammen, an das er geglaubt hatte, alle seine Überzeugungen, seine Glaubenssätze, seine Sicherheiten, alles, wovon er sich ein Leben lang hatte täuschen lassen.

All das zerbröckelte vor seinen Augen und spiegelte sich in den schönen, leuchtenden und immer lächelnden Augen des Padre Mario.

»Komm wieder«, hatte ihm der Kamillianer gesagt. Nach einigen Begegnungen hatte aber irgendetwas den Cattivotenente davon abgehalten, den Pater wiederzusehen. Bis jetzt das Verlangen danach zu groß geworden war.

Aber der Cattivotenente hatte keine Ahnung, wo er ihn finden sollte. Einige sagten, er sei erkrankt, andere erzählten, er sei als Missionar nach Afrika gegangen.

Dann hatte Carmine es geschafft, ihn aufzustöbern. Und er war froh darum. Und Padre Mario war froh. »Ich war mir sicher, daß du nicht mehr wiederkommst...«

»Was mache ich für einen Eindruck, Padre?«

»Es geht dir besser als beim ersten Mal. Aber du wankst immer noch.«

»Es ist, daß...«

»Erklär mir nichts. Ich sehe in deinen Augen, was los ist.«

»Ich bin vollkommen entmutigt, Padre, mir geht's schlecht, ich schaffe es nicht mehr.«

Padre Mario umarmte ihn lange, dann legte er ihm eine Hand auf die Stirn und in diesem Augenblick fühlte der Cattivotenente so etwas wie große Wärme, direkt auf der Stirn.

»Vertrau dich mir an«, sagte der Priester.

Carmine starrte in die Augen des Kamillianers, er hätte ihm eine Milliarde Fragen stellen wollen und reden und reden, er wußte, sein Gegenüber hätte ihm stundenlang zugehört, tagelang, wenn es notwendig gewesen wäre.

»Es ist nicht so, daß du nicht glaubst«, sagte der Padre, »aber Jesus ist nicht in dir. Ich bitte dich, vertrau mir, du bist ein guter Mensch und du wirst sehen, du wirst wieder lachen können, das Leben lieben, die Schönheit der kleinen Dinge bewundern, die du jetzt nicht einmal zur Kenntnis nimmst. Lächle das Leben an. Du bist das Leben.«

Der Cattivotenente weinte, in dem kleinen Zimmer neben der kleinen Kapelle.

Er weinte auf die Hände des Kamillianers, die sein Gesicht festhielten, er weinte wie ein Kind, das von seinen Eltern bestraft worden war, er weinte wie ein gebrochener Mann, wie ein Ehemann, dem seine Ehe kein Trost war, wie ein gescheiterter Vater, er weinte über die verrückten und verlorenen Jahre, über seine Schwächen, seine Enttäuschungen, weinte über ein Leben, von dem er spürte, daß es ihm aus den Händen gelitten war.

Es war der zweite Oktober, Fest der Engel, die kleine Kapelle war mit Nachthyazinthen geschmückt, die einen wunderbaren Geruch verströmten.

»Es ist kein Zufall, daß du gerade heute gekommen bist«, sagte

Padre Mario, »auch wenn du höchstwahrscheinlich nichts wissen wirst von der Bedeutung des heutigen Tages und des heutigen Festes. Es ist kein Zufall. Du bist nicht alleine, glaube mir, du bist nicht alleine, laß Jesus in dich kommen, glaub mir. Das sagt dir einer, der schlimmer war als du, der, sobald er Ähnliches hörte, sofort losbrüllte und dem, der ihm so etwas vorschlug, mitten ins Gesicht lachte. Ich wollte die Welt verändern, war bei politisch extremen Gruppen dabei, ich, der ich dir heute all das sage, ich, der dich bittet, sich mir anzuvertrauen, ich, der dir sagt, daß dein Leben nicht mehr dunkel sein wird, aber du mußt daran glauben, du mußt daran glauben, daß neben dir jemand ist, der dir zuhört, jemand, der deine Schritte leitet, deine Entscheidungen, jemand, der von deinen Qualen weiß und deinen Leiden und der nur darauf wartet, daß du ihn bittest, sein Freund zu werden.«

Carmine Santojanni hatte aufgehört zu weinen, seine Augen waren rot und geschwollen, die Augen eines Kindes, das sich verloren hatte und Angst davor hatte, wieder zu irren.

Er war wieder zum Kind geworden, und der Kamillianer hatte das begriffen.

»Wie kann ich mich anvertrauen«, sagte er, »was muß ich tun?«

»Du mußt dein Herz öffnen.«

»Ich liebe dich, Padre, ich mag dich sehr.«

»Du kannst wiederkommen, wann du willst«, sagte Padre Mario, Tränen in den Augen.

Als er aus der kleinen Kapelle kam, fühlte Carmine sich leichter. Trank einen Kaffee, rauchte ein paar Zigaretten, eine nach der anderen, und dachte über das nach, was seine Ohren gehört hatten, vor allem aber über das, was sein Herz gehört hatte.

Er fand sich auf einer dieser schnurgeraden Straßen wieder, die die Peripherie mit Napoli verbinden, und er hatte Lust darauf, in seinem Auto zu sitzen und umherzustreifen und nachzudenken und sich an die Worte seines neuen Freundes zu erinnern, er, der von den Freunden so sehr enttäuscht worden war, er, der es nie geschafft hatte, seine Freundschaften sorgsam auszuwählen, er, der allem und allen getraut hatte, er, der Arbeit und Gefühle durcheinandergebracht hatte, er, der erst ganz oben und dann ganz unten gewesen war...

Er geriet in die Nähe der Via Domiziana, dahin, wo er sonst immer auf Hurensuche ging.

Die schwarzen Frauen der Domiziana. Er liebte die Huren, der Cattivotenente. Empfand Zärtlichkeit für diese strahlenden und verlassenen Frauen, die er im Sommer unter einer mörderischen Sonne hatte leiden sehen.

An diesem dunklen Abend hatten die Frauen sich leuchtende, schreiende, glitzernde Kleider angezogen, um gesehen zu werden, um in einer Nacht zu leuchten, die sie in ihre Schwärze einhüllte.

Er dachte an die Worte des Kamillianers und sah auf die Nutten, die ihn dazu einluden anzuhalten.

Aber er wollte keinen Sex, diese Nacht nicht.

Er wollte Liebe, der Cattivotenente.

Jedesmal, wenn er früher bei den Nutten angehalten hatte, hatte er nach ihren Namen gefragt und woher sie kamen, wieso sie nach Italien gekommen waren, wie es ihnen ging, wo sie wohnten, wer sie ausbeutete.

Und er hatte eine Art von Komplizenschaft gefunden bei diesen Versprengten, Ostfrauen, Albanierinnen, Griechinnen, Polinnen, Nigerianerinnen, Senegalesinnen und Frauen von der Elfenbeinküste. Sie schienen alle gleich zu sein, eine Maske aus Schmerz hinter einem leuchtenden Lippenstift und einem grob übertriebenen Make-up.

An diesem Abend hielt er dann doch neben einer Jamaikanerin an.
Monica.

»Boccafica zwanzigtausend«, sagte sie, »zu Hause fünfzigtausend, nackt, du kannst auch die Titten anfassen und wenn du willst, kannst du ohne Gummi ficken.«

Monica stieg ins Auto, sie wohnte ein paar Meter weiter. Falls man das wohnen nennen konnte. Eine baufällige Wohnung, die nach abgestandener Luft, Frittieröl, Feuchtigkeit und Sperma stank.

Monica holte den Schlüssel aus einem Loch in der Wand, sie gingen in das Haus, sie verriegelte die Tür mit einer Kette.

Monica brachte ihn sofort in ihr Zimmer. Wer weiß, wieviele von ihnen in dem Haus Unterschlupf gefunden hatten. Monicas Zimmer brannte sich in Carmines Augen ein. Und er vergaß es nicht mehr.

Ein Möbel mit einem Spiegel, ein kleiner Kühlschrank, zwei riesige Koffer, auf denen Wäsche aufgetürmt war, ein Bett mit einer Tagesdecke, ein völlig verdrecktes Kopfkissen, unter dem Kissen eine Rolle Klopapier, auf dem Möbel Lysoformseife und eine Packung Präservative.

Das war das Zimmer, Monicas Wohnung, Monica aus Jamaika, Monica mit den blauen Augen, Monica, die verzweifelter war als der Cattivotenente, der ihr einen Hunderttausendlireschein gab und darauf wartete, daß sie aus dem anderen Zimmer mit dem Rest zurückkam.

Sie hob ihr pinkfarbenes Kleid, zog den rosaroten Slip runter, sie hatte einen riesigen Nabel, Carmine bat sie, die Schenkel zu öffnen und ihm die Fotze zu zeigen. An das Möbelstück gelehnt, streifte er die Hosen ab und begann zu masturbieren, in diesem gespenstischen Nichts, der feuchten Kälte, in dieser Trostlosigkeit, wie er sie noch nie gesehen hatte.

Für noch einmal zehntausend Lire breitete sie sich auf dem Bett aus, spreizte die Beine, und bevor er sich aufgeilen konnte, überfiel den Cattivotenente eine große Angst, eine grenzenlose Traurigkeit, vor allem als er zusah, wie Monica ihre Zunge spielen ließ.

»Das reicht«, sagte der Cattivotenente, und sie gehorchte, ohne weiter nachzufragen. Zog sich den rosaroten Slip wieder an, und dann gingen sie wieder hinaus in die Nacht, die so schwarz war wie ihre Seelen.

Sciaronstò von der Piazza Gravina war ein vielsprachiger Tranvestit. Nicht so richtig, eigentlich, kein richtiges Französisch oder Englisch oder sonstwas, aber nachdem sie sich schon dieser gewissen Ähnlichkeit mit dem amerikanischen Filmstar aus *Basic Instinct* brüstete, äffte sie auch den Tonfall nach, halbe in irgendeinem Film geklaute Sätze, ein paar Zeilen aus einem Lied, deren Aussprache sie irgendwo mitbekommen hatte, so irgendwie jedenfalls, aber das reichte schon, um in ihrem Viertel als *sophisticated* zu gelten, Piazza Gravina, beinahe schon die Ostseite der Stadt, hinter Piazza Carlo Terzo, zwischen Via Abate Minichini, Via Macedonio Melloni, im Rücken der Via San Giovanni e Paolo, noch so eine Bronx in dieser Stadt, Schwarzmarkt, Schmuggel, Wucher und so weiter und so fort, verwüstete Gesichter, Marktstände überall, Rundärsche und rumvögelnde Dreizehnjährige, Stöckelschuhe, Leggings und die Brüste im Sommerwind, Draufgängerinnen auf Mofas und Vespas, hochmoderne Frisuren nach dem Vorbild der großen Musikstars, auch wenn im Viertel in letzter Zeit die neomelodisch neapolitanische Musik ihren Siegeszug angetreten hatte.

Sciaronstò war naturblond. Und sie lag sich mit den gefärbten, wasserstoffgebleichten Transvestiten in den Haaren, haßte ihre Strähnchen und den Firlefanz, nannte sie vulgär.

Die einzig wahre Blonde war sie, ein wunderbares Blond, und wenn sich die Sonne darin verfing, fühlte sie sich leicht, stolz, würdevoll, überlegen, ganz Frau, ganz blond, was willst du da mit diesen faden Hühnchen aus dem Fernsehen oder den Boulevardmagazinen, die kleinen Huren, die sich von den Paparazzi gerne überraschen ließen mit ihren nackten Ärschen und Titten, um ein bißchen Publicity zu bekommen.

Sie aber war wirklich schön, ein schöner Transvestit, die Diva im Viertel und weit darüber hinaus, hatte auch den »Miss-Trasvestito«-Wettbewerb gewonnen, letzten Sommer am Lido von Baia Murena.

In ihrem Zimmer hing ein großes Poster der amerikanischen Diva Sharon Stone, deren Namen sie sich zugelegt hatte, und ringsherum eine unüberschaubare Fülle von Filmplakaten jedes Genres. Die eine, wirkliche, große Leidenschaft der Sciaronstò war immer das Kino gewesen.

Die großen Liebesgeschichten und der amerikanische Film, Mafia, Gangster, Schießereien, Familienintrigen, Clangeschichten, alles, Filme wie *Der Pate* also, ganze Szenen, Einstellungen, Dialoge, Sätze dieses Films kannte sie auswendig, wußte alles von Figuren und Darstellern, und wenn sie von Amerigo Bonasera sprach, von Lemenza, Michael Corleone, Sonny oder Connie, glitzerten ihre Augen, die vollends aufleuchteten, wenn es um Brando ging, den großen Don Vito Andolini... Sie hätte sehr gern in diese Zeit gehört und zu diesen Familien, Frau sein und kochen und die Ehrenmänner bedienen, die sie ungemein erregten.

Sie war ganz aufgeregt, wenn sie sich an die Szene erinnerte, in der Sonny Santino während der Hochzeit seiner Schwester in einem der Zimmer eine der Geladenen vögelte und unter den weiblichen Hochzeitsgästen die Größe von Sonnys Schwanz anerkennend diskutiert wurde.

»Ich wäre wirklich gerne in dem Zimmer gewesen«, sagte sie immer wieder, wenn sie etwas traurig war, »ganz verloren in den Armen und ganz verloren an den Schwanz dieses einzigartigen James Caan.«

Sciaronstò liebte das Kino, weil ihr das Kino half, zu träumen und die Augen zu schließen vor dem Dreck, der ihr jeden Tag vor Augen stand und der tagtäglich über ihre Familie hereinbrach, mit der sie sich eine Ecke in der Zweizimmerwohnung mit Blick auf die Piazza Gravina teilte, die bei Sonnenlicht noch halbwegs nach etwas aussah, aber wenn im Oktober und November der Scirocco Melancholie und finsteren Regen über den Platz blies, war es am besten, man vergaß ihn einfach.

Und dann sprach sie eben von *Carlito's way*, von ihrer zweiten großen Liebe, Al Pacino, den sie manchmal Al Bucchino nannte, nichts wünschte sie sich mehr, als in einem Hotel, und wenn es eines in Castoria war, eine Nacht mit Carlo Brigante zu verbringen, dem Puertoricaner mit dem großen Herzen aus dem Film von Brian de Palma.

In ihrem Zimmer hing ein Schild mit der Aufschrift: »Es gibt zwei Dinge, die mir wichtig sind: meine Eier und mein Wort. Ich habe beide immer in Ehren gehalten. Immer.« Gezeichnet: Tony Montana.

Die Welt der Sciaronstò bevölkerte sich des Nachts mit Autos, die an der Marina vor ihr anhielten, während sie, eine Zigarette im elfenbeinernen Mundstück, sich die Klienten aussuchte. Dann zog man sich in das Auto zurück, an einem Platz hinter dem Hafen, aber wenn Sciaronstò jemanden fand, der sie wirklich interessierte, einer, der es wert war, daß man etwas Zeit verlor mit ihm, rief sie in der Parterrewohnung von Uocchie 'e vongola an und fuhr dann hin. Die alten Tunten überließen ihr die Parterrewohnung und zogen sich in einen Zwischenstock zurück, der irgendwann illegal angebaut worden war.

Selbstverständlich konnte man von da oben aus direkt auf das Bett sehen, so konnten sich Capa 'e bastone und Uocchie 'e vongola ein wenig aufgeilen beim Anblick der gutbestückten Gäste, die Sciaronstò ihnen ins Haus brachte. Natürlich überließ die Transendiva ihnen einen kleinen Anteil, war immer großzügig, brachte Geschenke oder schickte ihnen Fleisch oder frischen Fisch ins Haus.

Die Welt gehört dir. Ihr kamen Sätze und Bruchteile eines Films in den Sinn, Joe Pesci und Nuddles, James Woods, der ihr Liebling war in *Es war einmal in Amerika*, Max, dieser Hurensohn Max. *Die Welt gehört dir* ... Und Sciaronstò glaubte wirklich daran, natürlich nicht immer, aber wenn sie gut drauf war, sah es nicht nur danach aus, als ob ihr die Welt gehöre, es schien so, als sei sie die Welt. Vor allem, wenn sie in die Welt trat wie ein Panther, und die Autos fuhren rechts ran wegen ihr, sie standen sogar in Zweierreihen, nur ihretwegen, sie wußte, wie es geht, und nur ihretwegen verwandelte sich die Parterrewohnung in ein königliches Gemach, ihre Anwesenheit, ihr Auftreten, ihre Art, vor allem, wenn sie die zwei alten Tunten fragte: »Champagner, wo ist der Champagner?«

»Haben wir zwischen den Beinen«, antworteten die beiden regelmäßig und etwas vulgär, aber sie kümmerte sich nicht weiter darum, die beiden waren eben so gestrickt. Sie behauptete zwar immer wieder, sie würde nicht mehr in dieses Drecksloch kommen, aber dann tauchte sie doch wieder auf, mal war's ein Besäufnis, dann der Geburtstag der einen oder anderen, sie brachte Kataloge für Kosmetikartikel vorbei oder Parfums, die sie nicht mehr benutzte und an die beiden Alten weitergab, die alles sammelten, was sie sich sonst nie hätten leisten können.

Mit dem Geld, das sie im Lauf der Zeit verdient hatte, hätte sie sich eine Kellerwohnung oder sogar ein Appartement kaufen können, aber sie kehrte im Morgengrauen lieber nach Hause zurück, ans andere Ende der Stadt, die Straßenkehrer hatten längst mit ihrer Schicht begonnen und den ersten Anisschnaps getrunken.

Und wenn das Taxi sie unter dem Haus an der Piazza Gravina ablud, sagten sie, fröstelnd und neidisch: »Das ist der Schwule, der legt sich jetzt hin. Was für ein schönes Leben.«

Jeden Tag, wenn sie dann die Treppen hochstieg, dachte Sciaronstò an den Satz *Die Welt gehört dir,* und jedesmal stolperte sie über eine schiefhängende Stufe und verfluchte das Scheißhaus…

37

Willy der schwule Friseur und Marina kehrten von ihrer Hochzeitsreise in Palma de Mallorca zurück. Eine Hochzeitsreise, auf der sie nur gestritten, sich gegenseitig alles Mögliche vorgeworfen hatten, was allerdings vorhersehbar war, denn »Blut spricht lieber, als zuzuhören«, und kaum hatte Willy der Marina die Geschichte mit ihrem Machobruder an den Kopf geworfen und alles erzählt, was auf der Hochzeitsfeier passiert war, wurde es laut im Hotel La Playa in Palma de Mallorca, in dem er ansonsten mit seinen Kleidern und seinem Stil, seiner Frisur und dem ganzen Rest einiges Aufsehen einheimsen konnte.

Und nach einer Paella und einem Joint, einer Tirade und einer Reihe eigentlich unpassender neapolitanischer Schimpfwörter und LeckmichamArsch und Sonstnochwas war die Hochzeitsreise auch schon vorbei gewesen und hatte kaum etwas von einer Hochzeitsreise gehabt. Mit finsteren Gesichtern kamen sie in der Via Calata Capodichino an.

Am Flughafen war es tatsächlich der Machobruder, der sie abholte. Nach dem üblichen »Wie geht's euch? Gut?« herrschte Stille im Auto, man hatte Koffer und Köpfe verstaut, Willy rauchte einen Zigarillo und schenkte dem Scheißkerl eine ganze Schachtel, der tat völlig gleichgültig, so als ob in dem Restaurant nichts geschehen wäre, als ob irgendein anderer dem Bräutigam das blaue Auge verpaßt hätte, als ob ein anderer auf dieses Trauerspiel mit der Hochzeit bestanden hätte und nicht dieser Dreckskerl von einem Großtuer mit seinem aufgeblasenen Leben.

Er begleitete das Brautpaar nach Hause, also in die Wohnung ihrer Mutter, in der man ein Zimmer freigemacht hatte für das junge Ehepaar, mitten im allgemeinen Chaos und mitten im Chaos des Scheißkerls, der auf nichts Rücksicht nahm, der kam und ging, wie es ihm paßte und Leute nach Hause brachte, deren Gesichter alles sagten, sie schlossen sich ins Zimmer ein und zogen sich soviel Koks ins Hirn, daß das Haus zu zittern begann. So ging das ein paar traurige Tage lang, dann hatte der junge Ehemann beschlossen, daß er nicht länger in dem Haus bleiben würde, für kein Geld der Welt.

Er mußte nur noch den Weg finden, um aus der Sache herauszukommen, auch wenn er sich dabei wehtun würde.

Er hatte begriffen, daß er im Dreck saß, in einer tödlichen Falle, daß er sich nicht mehr so erniedrigen lassen und für den Rest seiner Tage diesem Schurken auf Gedeih und Verderb ausgeliefert sein konnte.

In einer Oktobernacht, die auf ihm lastete wie das Schweigen, die Langeweile, Traurigkeit, Hinterhältigkeit, Scheinheiligkeit, in dieser Oktobernacht wartete er darauf, daß das Schwein nach Hause kam.

Marina schlief friedlich, der Rest der Truppe auch, ringsum Schnarchen und dicke Luft von Füßen und Schlaf, so dick, daß man sie hätte mit einem Messer schneiden können.

Ein Messer, das Willy gekonnt in der Tasche seines Pyjamas versteckt hatte. Und als der Machobruder nach Hause kam, voll Alkohol und Kokain, fand er Willy in der Küche vor, rauchend, weil er nicht schlafen konnte. Und weil er es so gewollt hatte.

»Was tust du hier? Statt bei deiner Frau zu sein, stehst du hier in der Küche herum?«

»Ich kann nicht schlafen«, sagte Willy.

Er sah ihm lüstern in die Augen und sagte: »Ich hab was Schönes für dich, das wird dir in den Schlaf helfen, komm in mein Zimmer.«

Willy folgte ihm und wie in einem Film, den man schon gesehen hatte, ließ der Machobruder die Hosen runter und drückte ihm seinen Schwanz in die Hand. Willy begann damit, ihn zu massieren, zu küssen, zu lecken, das Schwein legte sich auf das Bett und genoß es mit geschlossenen Augen. Besser konnte er den Tag gar nicht zu Ende bringen. Es war die Sekunde, bevor Willy ihn erstach.

Das Schwein schrie, sein blutüberströmtes Fleisch schrie, Willy schrie und weckte die ganze Truppe, die ins Zimmer stürzte, das Licht anmachte und die Szene sah...

38

Der Cattivotenente liebte die Huren. Er liebte ihre Traurigkeit, ihre Einsamkeit.

Und Ketty, die Rumänin, die auf dem Sitz seines Autos lag, ihm ihr Schamhaar zeigte und ihn die Schmerzen ihres schönen und mißbrauchten Landes ahnen ließ, das ebenso schön war wie diese junge Frau mit ihrer Pagenfrisur und dem Blick eines verängstigten Kükens...

Er hatte ein Lächeln übrig für sie, und während sie ihm ihr Bestes zeigte, dachte er an das, was diese Tochter des Ostens so alles mit sich herumtrug. Vielleicht wäre es einfacher gewesen, er hätte an das gedacht, was er selbst mit sich herumtrug, einsam und verlassen am Rande dieser Straße von Castelvolturno, diesem halb neapolitanischen, halb casertanischen Soweto voller Schwarzer und Drogenhändler, die sich zu Dutzenden im Dunkel der Nacht versteckten, einer über dem anderen, einer wie der andere, ein Gesicht und eine Rasse, übereinander und untereinander vermischte Rassen, alle wollten irgendwas verkaufen, in aller Öffentlichkeit, jeder sah und wußte, und immer weiter so, als ob das Gesetz wäre, Geschichte, Norm, Regel.

Der Cattivotenente liebte die Huren und war zu Christus gegangen, um ein Zeichen zu bekommen, eine Antwort.

Dann hatte er sich in die Einsamkeit der Jamaikanerin geflüchtet, die ihm für ein paar zehntausend Lire ihren schmerzensreichen Körper zeigte und zur Schau stellte, als ob er schön wäre.

Hin und hergezogen zwischen Christus und dessen Wort und diesem Fleisch, das nach Schmerz und Sünde roch, verbrachte der Cattivotenente verwirrte Tage, er hatte sogar versucht, seine Ehefrau anzurufen, ein Annäherungsversuch, eine Zärtlichkeit, ein kleiner Liebesbeweis, der keine Antwort erhielt.

Und auch Mirjam, seine Ex-Freundin, hatte kein Wort übrig für ihn, nur eisiges Schweigen und basta.

Er war von einem Schlamassel ins nächste getaumelt, der Cattivotenente, aber in all dem Schlamassel hatte er immer versucht, für sie dazusein.

Er suchte Liebe, der Cattivotenente, es stand in seinen nußbraunen Augen, auf seinen zerrissenen Lederjacken, in den Falten, die sein Gesicht durchfurchten, das früher einmal das Leben gesehen hatte.

Jetzt entglitt dieses Leben seinen Händen, und er wußte nicht mehr, wo er noch nach Hoffnung suchen sollte. Sicher, Padre Mario hatte ihm schöne Worte gesagt, hatte ein Gefühl von Frieden und Ruhe auf ihn übertragen, aber es war ein Frieden gewesen, der im Zusammenstoß mit dem Chaos, das er mit sich herumtrug, plötzlich auf ihn niederzufallen schien und dann verschwand wie Feuerwerk im Wasser.

Sein Lebensweg begann gewunden und gefährlich zu werden, er war voller Kurven, über die er in einem früheren Leben gelacht hätte, Kurven, die er mit geschlossenen Augen und nur einer Hand am Lenkrad angegangen wäre. Jetzt nicht mehr.

Jetzt stellte er Fragen und erwartete sich Antworten, und oft erwartete er sich diese Antworten von Menschen, die noch verzweifelter, noch niedergeschlagener, noch einsamer waren als er.

Die Banken, das Chaos, das Geld, die Masken, das ganze Theater und all das, was Teil seines Lebens gewesen war, all das präsentierte ihm jetzt die Rechnung, und da waren keine Christusse, an die er sich mit seinen Gebeten hätte wenden können, auch als er erfahren hatte, daß Brucewillis von der *ferrovia* nach ihm suchte.

Er hatte immer noch seine Würde, der Cattivotenente, und er hatte keine Lust, auf die Knie zu fallen.

Vielleicht mußte die Antwort, nach der er auf der Suche war, von ihm selbst kommen, aber er hatte Angst, sie sich zu geben, diese Antwort.

39

Sartiburgnichfacchetti war ein alter Transvestit, die in ihrer Jugend in den sechziger Jahren ein *tifoso*, ein großer Fan des großen FC Inter gewesen war, sie kannte alle Namen, Nachnamen, Mannschaftsaufstellungen, Trainer, Ersatzbank, Zahl der Meistertitel und Pokalsiege, Fassungsvermögen des Stadions von San Siro, das große San Siro, bei dessen bloßer Erwähnung ihr die Tränen in die Augen schossen.

Damals. Als sie noch Schneiderlehrling in einer großen Schneiderei auf der Via Chiaia war und eine Lockenfrisur trug, weil ihre Haare schon etwas schütter waren, obwohl sie erst anfang zwanzig war.

Sie wußte alles über den FC Inter und konnte sich bis aufs Blut mit dem Besitzer der Schneiderei streiten, der selbstverständlich begeisterter *tifoso* des FC Napoli war.

Damals hatte der junge Schneiderlehrling erst etwas leicht Weibliches in seinen Bewegungen, im Lauf der Zeit war er dann immer mehr zu sich selbst gekommen.

Der Chef mochte ihn gerne, zunehmend mehr, und wenn er den Chef besonders geärgert hatte, sagte der: »Nicht nur, daß du schwul bist, du bist auch noch Inter-Fan!"

Der junge Lehrling stand tagtäglich frühmorgens auf, Anfahrt aus dem Umland mit dem Bus und ein Stück Fußweg. Die Schneiderei war in einem eleganten historischen Palazzo an der Via Chiaia untergebracht,

Der junge Lehrling hieß eigentlich Antimo, ein alter und wilder Name, der im neapolitanischen Hinterland weit verbreitet war.

Im Lauf der Zeit lernte er dazu, wurde ein guter Schneider und ein sehr guter Zuschneider. Weil ihm sein Name nicht gefiel und wegen seiner Leidenschaft für den FC Inter rief man ihn irgendwann *milanese*; um Verwechslungen mit einer anderen Schneiderin auszuschließen, nannte man ihn später nach den Namen der drei berühmtesten Inter-Spieler Sartiburgnichfacchetti. Alle verspotteten ihn wegen dieses Wortungetüms und lachten über seine komische Art, und außerdem war ein Schneider, der schwul war und noch dazu *tifoso* des FC Inter, im Napoli der sechziger Jahre doch etwas zu viel.

Später eröffnete Sartiburgnichfacchetti ihr eigenes Atelier, hatte großen Erfolg damit, war bei den Tunten Napolis wie bei den Damen der besseren Gesellschaft gefragt, war ganz Signora, ein Haus in der Via Monte di Dio auf dem Hügel von Piazzafalcone, Panoramablick auf den Golfo di Napoli, da, wo die wirklichen *signore* wohnen, ganz wie sie, und nicht diese Drecksaufsteiger aus der Via Orazio oder der Via Petrarca in Piedigrotta.

Aber dann verlor sie den Kopf wegen eines gewissen Ciro Ruoppolo, der verschleuderte ihr gesamtes Geld, ihr Vermögen inklusive das Haus in der Via Monte di Dio, das einen Haufen Geld wert war. Und das Atelier geriet immer mehr ins Chaos, einerseits weil Sartiburgnichfacchetti immer häufiger gar nicht da war, andererseits weil die Banken damit anfingen, zudringlicher zu werden, außerdem hatte der Arbeitswille der Angestellten nachgelassen, vor allem aber war die Chefin mit dem Kopf nicht mehr ganz bei der Sache. Auf jeden Fall dauerte es nicht lange und das Atelier war vollends am Boden und mit ihm die Chefin, die längst schon keine mehr war, bloßgestellt von diesem Schaumschläger Ciro Ruoppolo, diesem Hurensohn und Schönling, der aussah, als ob er kein Wässerchen trüben könnte, und der dieses Pferdelaster hatte, und die Pferde, die Wetten und die Tage am Rennplatz von Agnano verschlangen alles, was der Armen je gehört hatte, die jetzt beschämt dastand, diese Inter-Tifosa, die in Wahrheit ihre Liebe zu Inter im Lauf der Zeit verloren hatte, aber ihr Übername war ihr geblieben und sogar die jungen Transvestiten kannten inzwischen die Geschichte des Jungen aus San'Antimo, der reich geworden war in der Stadt und ruiniert worden war von einem fabulösen Körper, gottgleichen Muskeln, atemberaubenden Bizepsen und einem Ding, von dem die Rede ging, es würde ohne alles schon an die fünfundzwanzig Zentimeter messen, die Geschichte der Sartiburgnichfacchetti wurde denen zur Abschreckung erzählt, die gerade drauf und dran oder bereits so weit waren, den Kopf zu verlieren wegen eines Typen und ein paar Lire zur Seite gelegt hatten. Verlier nie den Kopf, sagten sich die Transvestiten, aber auch sie wußten nur zu gut: Falls Cupido seine Pfeile schoß, war es besser, nicht die Oberlehrerin zu spielen und Gottes und des Schwanzes Willen zu erfüllen.

Inzwischen wohnte Sartiburgnichfacchetti etwas oberhalb von Carmela, Salita Concezione a Montecalvario und ganz in der Nähe der Parterrewohnung von Uocchie 'e vongola, mit der sie seit zwanzig Jahren nicht mehr sprach, wegen eines Mantels, den laut Uocchie 'e vongola die Schneiderin, die ehemals große Schneiderin der Via Chiaia, vollkommen ruiniert hatte. Und seither hatten sie nicht mehr miteinander geredet.

Die Schneiderin war ins Unglück gefallen, kein Geld, keine Bellavita, kein Geliebter, kein Atelier und nichts mehr, sie war zur Hure geworden, weil sie es nicht ertragen konnte, daß eine wie sie, die eine Diva gewesen war, eine, die das Pariser Leben und die berühmten Schneiderinnen der Champs Elysées gekannt hatte, plötzlich nur mehr Mittelmaß sein sollte und sich dieses giftige Gerede anhören sollte von Leuten, die ihr Böses wollten, »und davon gibt es viele«, wiederholte sie immer wieder betrübt, und also und lieber, als ihrem eigenen unbarmherzigen Ende zuzusehen, hatte sie sich einen Stoß gegeben und damit begonnen, als Transvestit aufzutreten, aber weil sie nicht besonders gut aussah, wurde es ziemlich schwierig, in die Szene zu kommen, und deswegen hatten einige der Kolleginnen, die Mitleid mit ihr hatten, ihr dabei geholfen, Fuß zu fassen am Corso Vittorio Emanuele. Aber vorsichtig, ohne daß sie etwas mitbekam, ansonsten wäre sie in der Lage gewesen, ihnen eine Szene zu machen.

Sie änderte ihr Leben, ihre Gewohnheiten und Freundschaften, sogar den Namen, ein Addio an die Inter-Zeit in ihrem Leben, jetzt ließ sie sich Manuela nennen wie in dem Lied von Julio Iglesias, das sie immer wie verrückt spielen ließ, weil es sie an ihren Ciro Ruoppolo erinnerte. In den Quartieri fand sie eine Parterrewohnung, an flauen Geschäftsabenden setzte sie sich zusammen mit anderen Kolleginnen vor einer Ginflasche oder etwas Wodka Lemon zusammen, sie erzählte aus den Zeiten, als das Leben noch Bellavita gewesen war und sie noch eine, die zählte, als Hunderttausendlirescheine noch Kleingeld waren und sie das Geld nur so vergeudete für diesen Halunken, wie sie ihn gevögelt hatte, in welchen Positionen, die anatomischen Details ihres Borsalinos, so nannte sie ihn, diesen Ciro Ruoppolo, wenn sie vertraulich wurde, und sie redete wieder und wieder davon, wie dieser Borsalino im Guten wie im Bösen ihr Leben regiert und ruiniert hatte.

»Nach ihm konnte ich mich in keinen mehr verlieben, keiner hätte mir noch jemals etwas bedeutet, ein neues Leben auch nicht, auch nicht eine neue Stellung, also konnte ich mich auch gleich auf die Straße stellen, und also ...«

Ihre Kolleginnen, die Cavalla, die Ribelle, Carusiello, die Furstenberg und die Evakant, versuchten sie aufzumuntern, »los komm, red nicht so, das war nur ein Augenblick, laß dich nicht so gehen, du bist eine, die eine Geschichte hat, einen Namen, ein Gesicht, nicht so wie wir, wir sind schon als elendtraurige Tunten auf die Welt gekommen. Du bist etwas Besonderes, du hast eine Vergangenheit, hast etwas zu erzählen, das ist doch etwas, oder? Los, dai, laß uns da drauf noch einen Schluck trinken.«

Und so brachten sie die toten Abende herum, an denen gar nichts los war und schon gar nicht die Männer und wo waren die? Boh!? Wer weiß?

Am traurigsten war immer der Augenblick, wenn sie vom Corso zurückkam in die Quartieri, die Tür zu ihrer Parterrewohnung aufmachte und sich vollkommen zerstört auf das Bett schmiß ohne sich abzuschminken.

In diesem Augenblick, allabendlich, lief ihr gesamtes Leben vor ihren Augen ab wie ein Film, den sie längst schon auswendig kannte, ein Film, der, auch wenn sie ihn gar nicht sehen wollte, pünktlich immer wieder ablief, obsessiv, und sich in ihrem Hirn festfraß.

Dann stand sie auf, nahm die Fotos, den ganzen Stapel aus der Zeit, als sie mit ihrem Borsalino glücklich gewesen war, saß auf ihrem Bett und weinte.

Auch wenn er ihr Leben auf den Kopf gestellt hatte, sie hatte ihn geliebt, diesen Nichtsnutz, und wenn sie Fotos ansah, verspürte sie keinen Haß und keine Rachsucht für die sympathische Kanaille, ein Auge hätte sie hergegeben, um ihn in diesen Augenblicken bei sich zu haben, auf ihrem heruntergekommenen Bett in dieser stinkenden Parterrewohnung in den Quartieri Spagnoli, ihn bei sich zu haben, jetzt, wo sie ihre Jugend nicht mehr hatte, ihre Kräfte, ihre Sicherheit, ihr Geld, eine Zukunft, jetzt, wo sie keinen und niemanden mehr hatte. Und als sie das Foto sah, auf dem sie beide glücklich und verliebt lachten, während sie in das Stadion von San Siro in Milano gingen, er mit dem Borsalino am Kopf, sie eingehüllt in einen Nerzmantel und eine große Inter-Schärpe, wurde aus den Tränen ein Fluß und ein Meer, Schluchzer über Schluchzer, und wie soll man da schlafen?

Sie stand auf, nahm die kleine Lexotan-Flasche, zählte zehn, zählte zwanzig, zögerte einen Augenblick, zählte dann dreißig Tropfen ab... und am Ende leerte sie die gesamte Flasche und Amen.

Es war Evakant, die sie rettete, sie war in dieser Nacht von der Marina hochgekommen und wollte, weil die Geschäfte schlecht gelaufen waren, wie an den anderen Abenden auch, auf einen Gin, einen Cognac oder eine heiße Milch vorbeischauen.

Es brannte Licht in der kleinen Parterrewohnung, eigentlich sollte sie da sein, Marina, aber wieso öffnete sie dann nicht?

Hatte sie jemanden bei sich? Nein, sie nahm sie nicht mit nach Hause. Ob ihr vielleicht etwas zugestoßen war?

Eine rasende Fahrt ins Pellegrini-Krankenhaus in einem Auto der Carabiniere, die gerade vorbeigekommen waren, jede Menge Angst, nach der Magenspülung hatten sie Manuela noch dabehalten für irgendwelche Untersuchungen, und Evakant hatte ihre heiße Milch alleine getrunken, alleine und untröstlich...

40

Der Wucherer mit den schmierigen Haaren wurde nach dem Vorfall mit Soraya von seiner Frau und seinem Sohn aus der Wohnung geworfen, der Sohn hatte es einfach nicht glauben können, daß der Vater sich wirklich bis auf Blut hatte ficken lassen von einer Tunte. Und obwohl er die protokollführenden Polizisten in der Erste-Hilfe-Station des *Loretomare* angefleht hatte, den Fall diskret zu behandeln, nahmen die Dinge ihren Lauf, dazu waren die Verletzungen und der chirurgische Eingriff, dem sich der Wucherer unterziehen mußte, zu ernst.

Sein Blutverlust wurde gebremst, und seine Verirrungen wurden gebremst. Genauso wie sein Familienleben, das nach außen hin allerdings gänzlich unauffällig weiterlief.

Aus dem Haus raus, wegen der Schande, die er über es gebracht hatte, aus dem Haus raus und aus dem Geschäft. Die Brüder und der Sohn kümmerten sich inzwischen um die Geldeintreiberei. Man behandelte ihn wie einen Toten. Und dann zog er nach Torino um, in die Wohnung seiner Schwester, die wie ihr Mann in einem metallverarbeitenden Betrieb arbeitete und nichts von dem wußte, was geschehen war.

Sie wußte nur, daß er im Begriff war, sich von seiner Frau zu trennen, wegen einer anderen, daß er etwas Abstand gewinnen wollte, Frischluft atmen.

Insgeheim hoffte er, daß die Familie unter seiner Abwesenheit leiden würde, und daß sie, nachdem sich das anfängliche Gewitter gelegt hatte, das Geschehene vergessen oder als vorübergehende Verrücktheit oder, schlimmer noch, als Schwachheit des Fleisches ansehen könnten.

Nachdem er drei Monate in Torino verbracht hatte, kehrte er nach Napoli zurück, ließ Frau und Sohn von seinen Hoffnungen wissen. Die Antwort war ein trockenes Nein.

Er sollte nie mehr nach Hause zurückkehren.

Er mietete sich in Muntagno ein, außerhalb der Stadt, die Familie ließ ihm seine Sachen zukommen, sein Hab und Gut, inklusive seines Anteils an der Wucherrendite. Man erwartete von ihm nur, daß er sich endgültig aus dem Staub machte.

Und dann schob er, eines Nachmittags, einen Einkaufswagen durch ein Einkaufszentrum und traf auf seinen Sohn Pietro und dessen Verlobte.

Sie konnten sich nicht ausweichen, sie standen sich Aug in Aug. Ein langer, intensiver Blick, zärtlich der des Wucherers, voller Haß der des Sohnes, äußerst betreten der der Verlobten. Ein langer, unendlicher, eindringlicher Blick. Dann waren die Einkaufswagen aneinander vorbei.

Pietro zog sein Telefon aus der Tasche, führte ein kurzes Gespräch, nickte mit dem Kopf, als ob er einen Befehl erhalten hätte, und sagte: »Vabbene, ist in Ordnung, ich habe verstanden.«

Zwei Tage danach wurde der Wucherer mit den schmierigen Haaren umgelegt, ein Schuß aus nächster Nähe, ein einziger Schuß, mitten ins Herz. Während der Feierlichkeiten des Sacro Cuore di Gesù di Mugnano, des Heiligen Herzen Jesu von Mugnano, ein Riesenfest, das wie jedes Jahr mit dem größten Feuerwerk Europas endet.

Riesenmenge, Riesenandrang, alle wollten das Feuerwerk der berühmten Meister von Mugnano sehen, die man überall für die besten hielt. Die Leute kamen aus ganz Süditalien, ganze Buskarawanen, sie brachten ihre Stühle mit, Schirme, Frühstück, Mittagessen. Das Feuerwerk des Cuore di Gesù war ihr Ritual.

Und als das Granfinale des Meisters der Meister am Himmel zerplatzte, während die Augen von Tausenden und Abertausenden von dem phantasmagorischen Spektakel gefangen waren, drückte einer, irgendeiner, eine befreundete Hand, eine vertraute Hand, drückte den Abzug einer Pistole, die plötzlich aus einer braunen Cordjacke aufgetaucht war.

Ein Schuß mitten ins Herz auf dem Fest des Herzen Jesu.

Und Amen.

41

In seinem Auto, das gern amerikanisch gewesen wäre und es nicht war, drehte Carmine seine Runden durch die Stadt, die gern amerikanisch gewesen wäre und es nicht war; diese Stadt wurde immer südamerikanischer, und er war nichts als ein kleines Arschloch, das in seine uruguayischen Sterne starrte.

Wo waren sie denn, die amerikanischen Jungs aus den Filmen seiner Phantasie? Voller Leben und voller Pickel, mit ihren langen Cadillacs, wie Zelig verwandelten sie sich immer wieder und besuchten ihn in seinen Nächten als einsamer Wolf.

Wo waren Matt und Jack und Leroy abgeblieben, wo war ihr berüchtigter Mittwoch, wo Bears berühmte selbstgebauten Surfbretter? Und wo steckten Kurt, John, Steve, Laurie und all die anderen Americangrafittis?

Unter einer Brücke, zerquetscht von einem Betrunkenen in seinem LKW? In irgendein Scheißbüro verbannt, Texte tippen, Akten wälzen? In irgendeinem verdammten Vietnam, verloren im Vietnam ihres Hirns, aus dem es keinen Ausweg mehr gab?

Und wo war *Einsamer Wolf*, wer kannte ihn, wer hatte ihn je gesehen, und wieso hatten alle kalifornischen Autos sich auf seine Radiostation eingestellt?

Oder war vielleicht er selbst *Einsamer Wolf*?

Er war es, an diesem Abend, aber sicher, er war *Einsamer Wolf*, der die Beach Boys immer wieder über den Sender schickte bis zum Umfallen, auch wenn die Beach Boys eigentlich spurlos verschwunden waren und sich um ihn herum keiner mehr an sie erinnern konnte. Er wollte nicht einer dieser Scheißnostalgiker sein, um keinen Preis der Welt, aber vielleicht war er es längst schon müde geworden, jung zu sein, da war noch einiges, was er zu tun hatte, einiges, was er noch erledigen wollte und wozu er nie gekommen war.

Jetzt, in dieser uruguayischen Nacht, glänzten seine Augen, und es fehlte nur noch die Flasche Gin, um sich zuzuschütten, und wo war der Wodka und wo der Scotch?

Gottverdammter Cattivotenente, wirst immer südamerikanischer, dein Amerika verschwindet immer mehr, und die Platters und *Only You* und *Smoke gets in your eyes* reichen dir nicht mehr, und die Tänze reichen nicht, um dich von deinen Schuljahren zu verabschieden, jetzt ehrlich, Cattivotenente, wo ist denn dein Scheißamerika, es ist dir längst verlorengegangen in dieser Rumbaeinsamkeitsnacht, in der du keine Lust darauf hast, nostalgisch zu sein, auch wenn du es bist, es abgrundtief bist, und läßt den Kopf auf das Lenkrad deines Autos fallen, das gerne ein amerikanisches wäre, aber es nicht ist, und du bist es auch nicht, bist bloß ein Verzweifelter, der versucht, seine Phantasie zum Laufen zu bringen und sich zu umgeben mit seinen Zelluloidbrüdern, Gelatine im Haar, Muskeln, Bizepse, erste Küsse, Zärtlichkeiten, ewige Treueschwüre, Herumgeschmuse im Auto, während *Einsamer Wolf* seine unverwechselbare Musik in die Nacht schickt...

An der Mole von Nisida stieg Carmine Santojanni aus seinem Auto, sturzbesoffen von dem billigen Dosenbier, er redete mit seinen Brüdern aus den Filmen seiner Phantasie, nur er konnte sie sehen und berühren, und Laurie schickte ihm einen Kuß herüber, und Steve einen Klaps auf die Schulter, John lud ihn zu einem Autowettrennen ein, irgendwie mußte man die Nacht ja herumbringen, die Nacht war noch jung, und man konnte nicht nach Hause zurück, ohne vorher etwas Aufregendes gedreht zu haben.

Da waren sie alle, rings um ihn herum, er besoffen, sie alle da, extra aus Amerika gekommen, um ihm Gesellschaft zu leisten in dieser Nacht, in der alle Radiostationen zum *Einsamen Wolf* geworden waren und alle dasselbe Lied der Beach Boys spielten.

Carmine Santojanni sah zum Himmel, sah die uruguayanischen Sterne und begann zu schreien: »Ich will nicht alt werden, verdammte Scheiße, ich habe noch viel vor, ich bin nicht so ein verdammter Scheißnostalgiker. Das ist doch wahr, daß ich das nicht bin, sag's du ihm, John, ist doch wahr, oder? Und du, Jack, wieso redest du nicht? Sag's ihm, Leroy. Wo hast du überhaupt dein Surfbrett gelassen, verdammt? Geh schon los, Scheißkerl, gleich gibt's hier Sturmwellen, sowas hat die Welt noch nicht gesehen, und wenn der Sturm kommt, will ich mitten drin sein, im Meer. Ich habe noch genug vor, ach, leckt mich doch, ich bin nicht besoffen, ich bin nicht am Ende, ich bin nicht verrückt. Scheißdreck. Ich will nicht alt werden, ich zeig's euch schon, wer ich bin, gleich kommt die Sturmflut... Willst du ein Rennen fahren mit meinem Cadillac? Hey Rusty, Rusty James, weißt du, wie Kalifornien ist? Zum Sichanpissen. Rusty James..., Kalifornien, Rusty James...«

42

Man fand Umberto den Portier tot im Voyeurzimmer des Hotels Gelsomino.

Als er die Augen verdreht hatte, um von diesem ins nächste Leben zu gehen, waren seine Kumpane blitzartig verschwunden.

Man hatte sich wieder einmal versammelt, um einem Paar in dem präparierten Zimmer zuzusehen, als Umberto dem Portier plötzlich schlecht wurde, er sich den Magen hielt, das Gesicht voller Angst und Schmerz, und noch bevor er begriffen hatte, war es aus und vorbei und Amen.

Seine Kumpane hatten nicht gewußt, wer zu verständigen war und was zu sagen, so plötzlich, mitten aus einer Hardcore-Szene herausgerissen, nackt oder mit heruntergelassenen Hosen, Geifer im Mundwinkel, Schwänze im Freien. Umberto der Portier, der immer alles im Griff gehabt hatte, war nicht mehr.

Bevor er ins Zimmer hinaufgegangen war, hatte Umberto Besuch bekommen: Franco der Stricher.

FrancoJoeBuck, der untergetauchte Franco, Franco, der die Herde verlassen hatte, Franco, der sich mit der Signora Dora vergnügte und das Geld einsteckte, ohne Umberto seinen Anteil zu geben, Franco...

Franco war anscheinend zurückgekommen, um sich verzeihen zu lassen. Ihm waren die Botschaften, die der Portier in Umlauf gebracht hatte, sehr wohl zugegangen, er hatte endlich verstanden, und jetzt war er eben wieder da.

War zurückgekehrt, um Frieden zu machen, »entschuldige, das war natürlich eine Leichtsinnigkeit von mir, keine Ahnung, was mit mir los war, du weißt ja, die Frauen«, viele schöne Worte eben.

Umberto war schlau genug, ihm das alles nicht zu glauben, aber immerhin, Franco war gekommen und jetzt war er da und wollte wieder im Hotel arbeiten und zwar nur für ihn, exclusiv, und Umberto der Portier sollte wieder die Geschäftsführung des Schwanzes und des Körpers von Franco dem Stricher übernehmen, Franco aus

Afragola, Franco der Gefragte, Franco, der plötzlich beschlossen hatte, sich selbstständig zu machen.

Natürlich wollte Umberto auch daran glauben, was ihm Franco da gesagt hatte, und um den Frieden zu besiegeln, prosteten sie sich zu... Und da schnappte die Falle zu, die Franco bis ins letzte geplant hatte, unterstützt von einem Polizisten, der in der Sache sein Komplize war.

Es war alles vorbereitet gewesen. Bis hin zum Auftauchen des Polizisten in der kleinen Empfangshalle des Hotels genau in dem Augenblick, als Franco den Spumante entkorkt hatte und eben am Einschenken war.

Umberto der Portier erblaßte, als er den Polizisten sah, ließ FrancoJoeBuck stehen und zog sich mit dem Bullen in eine Ecke zurück. Zeit genug für Franco den Stricher, das Gift in Umbertos Glas zu kippen, ein kleiner Wink der Verständigung zwischen dem Polizisten und Franco, das Ding war gelaufen, Umberto hatte den Ordnungshüter überredet, sich zu dem kleinen Umtrunk zu gesellen, mit dem eine »wiedergefundene Freundschaft« gefeiert werden sollte.

Dann verabschiedeten sich Franco und der Portier herzlich voneinander, man wollte sich tags darauf wiedersehen; der Polizist verabschiedete sich auch, drückte Franco die Hand, der so tat, als ob er ihn noch nie gesehen hätte, und für Umberto sah es so aus, als hätte sich alles geregelt, und so konnte er, wenig später, beruhigt zu seinen Voyeurskumpanen nach oben gehen.

43

Ispettore Catuogno von der Mordkommission war fett, kaute immer an irgendetwas herum, schob die Kiefer vor und zurück, knabberte alles an, stopfte sich voll. Und trotzdem: ein guter Mensch.

Sein Büro hatte mehr von einer Imbißbude als von dem Dienstzimmer eines leitenden Polizeibeamten.

Aus dem Rahmen fiel allerdings die Stereoanlage, die andauernd und ausschließlich Miles Davis spielte, sehr leise. Miles Davis als Gesellschafter eines Chefinspektors, der sich nur mühsam bewegen oder gar Treppen steigen konnte und den seine Männer, wenn sie unter sich waren, leise spottend Inspektor Callaghan nannten.

Callaghan verstand sein Geschäft, war ein exzellenter Polizist, guter Instinkt, scharfer Verstand, herausragende Intelligenz. Sein einziger Makel war eben seine Leibesfülle, das exakte Gegenstück zum legendären, unvergleichlichen Clint Eastwood, dem einzig wahren Callaghan.

Ispettore Catuogno wußte natürlich, daß ihn seine Leute hinter seinem Rücken Callaghan nannten, er ließ es geschehen, insgeheim gefiel es ihm sogar, mit dem Helden der 44er-Magnum verglichen zu werden, auch wenn er selbst eine völlig andere Pistole trug und sich eher auf seinen Verstand als auf seinen Körper verlassen konnte.

Der neapolitanische Callaghan hatte nichts für jene übrig, die den Tod des Umberto Capece, Portier des Hotel Gelsomino, als eine rein interne Angelegenheit von Schwulen, Voyeuren, Zuhältern und einigen Schwachgewordenen, unter Umständen gar Mitglieder des vornehmen Napoli, hinstellen wollten.

Callaghan wollte mehr, wollte wissen, verstehen, der Tod des Umberto Capece hatte, wie durch einen Riß, den Blick freigegeben auf ein verborgenes Napoli. Und Callaghan wollte wissen, ob sein Verdacht, einer seiner Polizisten spiele ein doppeltes Spiel, aus der Luft gegriffen war.

Er hatte da so eine Ahnung. Aber er wartete noch auf die Beweise, mit denen er ihn festnageln konnte. Und so lange knabberte er Popcorn, Chips und Chipsletten, trank Coca Cola, rauchte kubanische Zigarren, auch wenn er wußte, daß ihm das nicht gut tat. Und trotzdem war er seit einigen Tagen guter Laune, er hatte nämlich begriffen, daß hinter diesem geheimnisvollen Tod einer seiner Leute steckte, einer, den er für vertrauenswürdig und unverdächtig gehalten hatte.

Ein Unverdächtiger, der sein Polizistengehalt ebenso regelmäßig bekam wie die Zuwendungen des Hotels Gelsomino, des Hotels Venezia und des Hotels Ambra, und dann waren da noch die Gelder, die von den Garagen an der *ferrovia* und den Spielhöllen der Umgebung kamen.

Catuogno Callaghan wußte natürlich, daß der neapolitanische »Mann in Havanna« kaum alleine arbeiten konnte, mit Sicherheit hatte er den einen oder anderen Kollegen, der mit seinem Gehalt kaum bis Monatsmitte kam, in die Sache hineingezogen.

Und er wußte, daß diese Kollegen nicht nur an Geschichten mitverdienten, die unter aller Augen passierten, auch wenn keiner davon etwas sehen oder wissen wollte, darüber reden schon gar nicht, es gab da auch noch sehr viel wichtigere Verbindungen, direkt zu einigen Größen der Unterwelt, Zuträgereien, Warnungen, Tips, deren Preis nur sie selbst kannten.

Die Ermordung des Umberto Capece war die Bananenschale, auf der die Polizisten Cafiero, Donnarumma und Palermo ausrutschten.

Cafiero wurde mitgerissen vom Umfallen der begierigen Signora Dora, die zwar lange versucht hatte, sich aus der Geschichte herauszuhalten, alles von sich gewiesen hatte, sich schließlich aber doch Inspektor Catuogno Callaghan ergeben mußte. Cafiero seinerseits riß Donnarumma und Palermo mit, als von der *ferrovia* geredet wurde. Palermo zog Cascella und Capuozzo mit hinein, als es um die Gegend von Fuorigrotta und Bagnoli ging, Capuozzo wiederum Jermano, Nitti, Palladino und Vinciguerra. was Santa Lucia, Mergellina, Chiaja und Pizzofalcone betraf.

Es war bitter, das Lächeln des Ispettore Capo Catuogno, als er daran dachte, daß ein trostloser kleiner Mord vor dem Hintergrund von schäbigem Sex in einem elenden Hotel der *ferrovia* das feingesponnene Netz einer Organisation offengelegt hatte, die es geschafft hatte, eine ganze Armada von Polizisten in ihre Lohnlisten zu schreiben.

Umberto Capece hatte damit gedroht, auszupacken und alles zu verraten; deswegen hatte die Organisation die zwei Liebenden Dora und FrancoJoeBuck gezwungen, den Portier umzubringen, der sein bestes Stück im Stall nicht abgeben wollte, seinen Hengst, seine unerschöpfliche Quelle. Und die Organisation hatte Schutz und Verschwiegenheit garantiert und versichert, das Ganze würde als ein unglücklicher Todesfall durchgehen, wie er während einer Orgie in einem solchen Ort schon mal vorkommen konnte.

Allerdings hatten sie nicht mit Ispettore Catuogno gerechnet.

44

Scintillone und der treue Vincenzo machten sich gegen Mitternacht auf den Weg zum *Oyecomova*, einem Nachtclub hinter der Piazza Municipio, dort wo vor Jahren die Amischuppen nur so brummten, Lokale, in denen die Marines direkt von den Schiffen herunter anlandeten und sich auf die Suche machten nach Frauen und Kokain, Haschisch und Werweißwassonstnoch. Sie hatten immer alles gefunden. Man mußte nur bestellen, und bezahlen. Und wenn sie zu sehr getrunken hatten, schritt die *Shorepatrol* ein, um die Geister zu beruhigen und die Situation unter Kontrolle zu bringen.

Das *Oyecomova* war ein Lokal, das mehr oder weniger aus den Überresten der alten amerikanischen Lokale entstanden war, dem *San Francisco* vor allem, glorioser Leitstern der sechziger Jahre, legendäres Lokal, durch das eine ganze Generation neapolitanischer Musiker gezogen war, um zuerst die transatlantische Musik zu lernen und dann auf seinen Bühnenbrettern, die so sehr an Amerika erinnerten, selbst Musik zu machen.

Wer im *San Francisco* gespielt hatte, war sofort zum Kult geworden, weil das *San Francisco* diesen amerikanischen Geruch an sich hatte, den die meisten anderen Lokale, so sehr sie sich auch anstrengten, nie bekommen hatten.

Das *San Francisco* hatte alles gesehen: Schlägereien, Besäufnisse, Messerstechereien, Betrügereien, Koks, gutes und schlechtes Haschisch, Alkohol bis in den Tod, Huren und Syphilis, Jungtransvestiten und abgebrühte Alttunten, die sich hier an die amerikanischen Schwänze heranmachten, an die schwarzen vor allem.

NapoliSanFrancisco. Man mußte nur die Augen schließen. Die Sprache war amerikanisch, die Luft, die Körper waren amerikanisch, die Dialekte, die Stimmung, der Alkohol waren amerikanisch, all right, close your eyes and come on...

Dieses Amerika war in Griffweite, lag hinter der Piazza Municipio, ein Traum für viele, für sehr viele. Sie kamen, um spielen zu lernen, um zu ficken, die Nacht durchzumachen oder nächtens zu arbeiten, indem sie sich an die Marines heranmachten und sie schlußendlich in die Quartieri Spagnoli zu verschleppen, auszurauben bis aufs Hemd und mehr noch, so daß sie am Ende nackt dalagen. Das *San Francisco* hatte die siebziger Jahre noch irgendwie überlebt, aber dann war es langsam mit ihm zu Ende gegangen. Zu Ende gegangen war eine Epoche, ein »Goldenes Zeitalter«, eine unwiederbringliche Zeit, einzigartig, unnachahmlich, für die Amerikaner, die in Napoli stationiert gewesen waren, und für die Neapolitaner, die von Amerika träumten.

Als Scintillone und der treue Vincenzo im *Oyecomova* eintrafen, legte der Discjockey gerade *Thank you* von Alanis Morissette auf.

Die beiden suchten den Tedesco, den Deutschen aus Cavalleggeri Aosta. Wegen des Stoffs. Immer noch der Stoff. Immer noch derselbe. Der Stoff, den der Tedesco dem Scintillone am Strand von Bagnoli hätte übergeben sollen.

Inzwischen war der Sommer vorbei, Scintillone und der treue Vincenzo hatten jede Menge Ärger gehabt, waren aus Napoli verschwunden, aber Scintillone hatte nicht aufhören können, an den Deutschen aus Cavalleggeri Aosta zu denken, den Schweinehurensohn, der sie hereingelegt hatte; Scintillone gab nicht so leicht auf, früher oder später mußte er ihn zu greifen bekommen.

Natürlich hätte der Tedesco irgendwelche Ausreden erfunden, hätte versucht, sich irgendwie verzeihen zu lassen, und dann Bla Bla Bla, vielleicht hätte er versucht, Zeit zu gewinnen, ich habe den Stoff gerade nicht dabei, hab Geduld, ich mache es wieder gut, und irgendwann hätte das »Geschenk« dann doch bei Scintillone ankommen sollen.

Aber Scintillone war gerade etwas kurzatmig, wegen der Unannehmlichkeiten der letzten Zeit, Überwachung, Spitzeltips, schiefgelaufene Geschäfte, es war die Kurzatmigkeit eines Menschen, der sich am Ende fühlte, weil er wußte, daß er es zu bunt getrieben hatte.

Wobei den Mist eigentlich der treue Vincenzo gebaut hatte, aber Scintillone wußte, daß man den nicht alleine lassen konnte, und deswegen hatte er vorgehabt, durch den Verkauf des Stoffs, den der

Tedesco ihm versprochen hatte, an Bargeld zu kommen, und er war davon ausgegangen, daß sich aus dem Deal eine schöne Summe, ein Geschenk gewissermaßen, ergeben würde.

Tatsächlich saß der Tedesco im *Oyecomova*. Im Büro hinter dem DJ-Pult allerdings. Und er war nicht allein. Saß da mit zwei Beamten der Suchtgiftabteilung, die ihn bearbeiteten, weil sie wissen wollten, an wen er den ganzen Stoff weitergeben wollte.

Scintillone reichte es, sich einmal kurz umzusehen, um zu wissen, daß an diesem Abend und in diesem Lokal irgendwas nicht stimmte, er verzichtete auf den Drink, zog den treuen Vincenzo am Kragen hinter sich her an die Luft, »besser, wir hauen ab, mir gefällt das Ganze hier nicht«.

Natürlich hatte der Tedesco Scintillones Namen genannt, von wegen Freund, von wegen »Geschenk«.

Und Scintillone hatte schon wieder einen Grund unterzutauchen.

45

Ispettore Capo Catuogno wurde umgehend nach Novara versetzt, in den Norden, innerhalb weniger Stunden.
 Seinem kleinen bitteren Lächeln konnte das allerdings nichts anhaben, und er fuhr unbeirrt damit fort, an Chips und Chipsletten zu knabbern und seine kubanischen Zigarren zu rauchen.
 Er hatte es erwartet, er hatte es vorhergeahnt.
 Als er das korrupt faulige Zusammenspiel seiner Kollegen mit der Unterwelt entdeckt hatte, war er sich plötzlich verlassen, zerbrechlich und dumm vorgekommen, von allem davon zu viel, die ganze Geschichte erschien ihm plötzlich vollkommen verrückt; es würde deswegen wohl nicht schwer fallen, ihn als wahnsinnig geistesgestört irre blindwütig hinzustellen, als einen, der zu viele amerikanische Filme gesehen hatte, zu viele Krimis und Schmonzetten, und höchstwahrscheinlich zeigte die Arteriosklerose erste Wirkung.

An das Polizeipräsidium von Novara wurde er also versetzt, so sagte es das schriftliche Dekret, das er in Händen hatte. Er senkte nur den Kopf und lächelte bitter.
 Er würde nie im Leben nach Novara gehen.
 Also nahm er Stift und Papier und reichte seinen Rücktritt ein.
 Der neapolitanische Callaghan kündigte lieber, als seine Arbeit nutzlos ins Klo geschmissen zu sehen.
 Seine Entscheidung, den Versetzungsbefehl noch in der Hand, war unumstößlich. Da halfen weder Befehle, Vorgesetzte, Chefs, gute Gründe oder anderes. Catuogno ging, aber er ging nicht nach Novara, Cagliari oder Udine. Catuogno ging nach Hause, um weiter an Chips und Erdnüssen zu knabbern, um weiter billiges Bier zu trinken vor dem Fernseher. Aber kleinbekommen würden sie ihn nicht. Er hatte seine Würde, dieser Catuogno, ein Gesicht, das er nicht verlieren wollte, einen Namen, seine Männlichkeit, seinen Stolz, er hatte etwas zu sagen, er hatte etwas zu erzählen, und er lächelte weiter sein bitteres Lächeln.

Catuogno hatte gekündigt, was höherenorts wie eine Erlösung aufgenommen worden war.

Er zog in sein kleines Haus am Meer von Bacoli, und Morgen für Morgen ging er zum Fischen. Stunde um Stunde saß er auf der Kaimauer von Bacoli, sah den Fischkuttern auf dem Meer zu und den auslaufenden Fischerbooten, auf denen Leute saßen, die er kannte, deren Freund er längst geworden war und die ihn auch nach seiner Kündigung immer noch mit Ispettore ansprachen.

Er lächelte bitterleise und murmelte: »Ispettore do' cazzo, Inspektor Arsch«, und er angelte weiter nach Meerbarben, Brassen, Drachenköpfen und allem, was das Meer sonst noch hergab.

Seine Hütte war sein Unterschlupf, sein Rückzug, der Ort, an dem er tief durchatmen konnte, weitab von dem Gestank dessen, was er bei seiner Arbeit gesehen und gehört hatte.

Er war ein ernsthafter Mensch, dieser Catuogno, vielleicht zu ernsthaft sogar. Und als er eines Morgens von seiner Hütte ins Dorf zu den Fischern von Bacoli hinunterging, näherten sich ihm zwei Jugendliche auf einer klapprigen Vespa, eines dieser Motorräder, wie man sie vor allem in den Ortschaften am Meer immer wieder sieht, weil da die Leute besonderen Wert darauf legen, sich frei und unkompliziert zu bewegen.

Sie hatten auf ihn gewartet, grüßten ihn, so wie alle anderen es auch taten: »Buon giorno, ispetto'!«

Er grüßte immer alle. Auch die, die er nicht kannte, auch die, die ihm bloß zunickten, weil sie wußten, wer er war.

Und so wollte er gerade die beiden auf der Vespa zurückgrüßen, als der eine am Rücksitz eine große schallgedämpfte Pistole herauszog und ihn kaltblütig zu Boden streckte, in den Schotter dieses Fischerdorfes, vor seinem kleinen Haus, in der Hand noch die Angel, die Haken, die Schnüre. Und aus einem Fenster schrie eine Stimme: »Hanno acciso a l'ispettore!«

Aber keiner hörte die Stimme. Die Sonne war höher gestiegen, das Licht war stärker geworden.

Aber keiner hatte gesehen, keiner hatte gehört.

46

Sartiburgnichfacchetti, der sich jetzt Manuela nannte, wurde nach einigen Tagen aus dem Krankenhaus Vecchio Pellegrini entlassen, im Herzen der Pignasecca, zwischen all den Marktständen mit Obst und Platten und Cds und Fisch und Zigaretten und werweißwasnoch.

Manuela wurde von ihren Freundinnen abgeholt, Evakant, die Cavalla und die Carusiello, eine monströs Glatzköpfige, häßlich wie die Pest, die sich weigerte, sich zu verkleiden, auch wenn sie dann keine Lira verdiente. Sie hatten einen Strauß Rosen mitgebracht, die *Baci* von Perugina, die Manuela so sehr liebte, und die gesammelten CDs von Julio Iglesias.

Küsse Umarmungen Tränen, »was zum Teufel hast du da bloß angestellt, mit deinem blöden Selbstmordversuch, jetzt denk nicht mehr dran, was geschehen ist, ist geschehen, wichtig ist nur, daß du noch einmal Glück gehabt hast, du hättest auch dran glauben können, wenn Eva nicht gewesen wäre...« und so weiter und so fort.

Die Cavalla hatte sogar eine römische Freundin mitgebracht, noch so ein Transvestit, dem Manuelas Geschichte zu Herzen gegangen war und der sie deswegen kennenlernen wollte.

Die Römerin nannte sich Prettivumen, sie wurden einander vorgestellt, und Evakant hatte an diesem Abend beschlossen, daß sie zu einem Fischessen bei *Zi Teresa* einladen würde.

»Nur Fisch«, sagte Evakant.

»Eh klar«, sagte Carusiello, »wie hättest du auch etwas anderes vorschlagen können.«

»Häßliches Monster«, sagte Evakant, »du kannst dir den Fisch nur leisten, wenn wir dich dazu einladen. So knauserig, wie du bist, würdest du dir nie auch nur einen Fetzen frischen Fisch kaufen. Und falls du von einem anderen Fisch redest..., wer wird sich schon trauen, ihn dir in die Hand zu geben.«

Und die Welt ging unter. Aufruhr brach aus, auf den Treppen des *Santo Pellegrini*, fünf Transvestiten, blätternde Grundierung und Heftpflaster über Bartstoppeln, großtittig die Cavalla, vulgärwasserstoffweißblondiert die Evakant, die römische Prettivumen, die nicht genau verstand, ob diese neapolitanischen Transvestiten das alles so ernst meinten, wie sie taten; sie sah wortlos zu, halb hingerissen, verzückt, halb beeindruckt von all den Doppeldeutigkeiten und der blumigen Sprechweise, den Schimpfwörtern, mit denen sich die Transen gegenseitig bewarfen und beleidigten, während sie die Treppen hinuntergingen unter den erstaunten Blicken der anderen Krankenhausbesucher, und die arme Manuela drückte ihre Geschenke an sich und versuchte, Frieden zu stiften und das Feuer zu löschen zwischen Evakant und Carusiello.

»Ich komme heute abend auf jeden Fall nicht zum Essen«, sagte Carusiello zu Manuela. »Nicht wegen dir, versteh mich bitte, ich bin sehr gerne gekommen, um dich hier abzuholen, aber es ist besser, wenn ich mich nicht zusammen mit gewissen Leuten sehen lasse.«

»Haarloser Besen«, unterbrach sie Evakant, »wer glaubst du denn, daß du bist? Du bist nur ein häßlicher Dummkopf, nicht einmal die räudigsten Alten wollen mit dir mitkommen bei deinem Mundgeruch, sobald sie dich nach deinem Preis fragen und du den Mund öffnest, hauen sie ab.«

Daraufhin griff Carusiello wutentbrannt in Evakants Haare und inszenierte eine der gelungensten AndenHaarenSchleifereien, die man je gesehen hatte. Geschrei, Geschimpf, Gelächter, halbherzige Versuche, die beiden auseinanderzubekommen, die Wasserstoffblondine und die Kürbisköpfige, die sich in der Eingangshalle des alten Krankenhauses in der Altstadt Napolis in die Haare geraten waren.

Carusiello biß Evakant ins Ohr und trennte ihr die halbe Ohrmuschel ab, mit blutigen Zähnen spuckte sie weiter Gift auf die verunstaltete schmerzschreiende Transe, Evakant ließ sich in Krämpfe fallen, so daß Pfleger und Ärzte eingreifen und sie im Laufschritt in den OP bringen mußten, wo man versuchte, das Stück Ohr, das Carusiello auf den Boden gespuckt hatte, wieder anzunähen.

Carusiello wurde von der Polizei festgehalten, die anderen Transvestiten stiegen wieder die Treppen hoch, um sich, besorgt und bestürzt, auf die Suche nach Evakant zu machen.

»Jetzt schau dir bloß an, was das für ein Tag geworden ist«, sagte Cavalla zu einer dicken Frau, die gerade über den Zahlen für den Lottoschein brütete, und eine andere, nicht weniger dicke Frau, eine Patientin, sagte: »Ihr müßt folgende Zahlen spielen: 'o femmenello, 'o sangue und 'a recchia, die Tunte, das Blut, das Ohr, also die 78, die 18 und die 14, das wird ein glatter Hauptgewinn in der neapolitanischen Ziehung.«

47

Der Piranha mit dem einen Hoden erhängte sich mit seinem Gürtel. Er wurde am Leuchter seines Zimmers baumelnd gefunden.

Von seinem Vater, dem Hai, frühmorgens.

Eine Tragödie für das Haus, die Familie, den Vater, der sein einziges Kind so vergöttert hatte.

Sein einziges Kind und ein männliches, vor allem.

Sein verunstaltetes Einundalles, das man zur Abschreckung eines Hodens beraubt hatte.

Sein Einundalles, das jetzt nicht mehr lebte. Das er eines Montagmorgens erhängt gefunden hatte; die Montagmorgen waren wichtige Tage für den Supermarkt, Wochenbeginn, Kassiertage, Zahltage, Lieferanten, neue Ware. Montagmorgen.

Und Piranha lebte nicht mehr.

Als er ihn gefunden hatte, erinnerte er sich an die Zinnsoldaten, mit denen der Piranha als Kind gespielt hatte. Nur war der hier nicht aus Zinn, sondern sein Kind, sein einziger Sohn, sein Stolz und seine Hoffnung, seine Hinterlassenschaft, in die er alles, was er hatte und wußte, investiert hatte.

Und jetzt war er nicht mehr da. Am Strick geendet, aus hilfloser Wut darüber, daß er plötzlich mit einem einzigen Hoden durchs Leben gehen sollte. Auch wenn die Ärzte behauptet hatten, das sei nicht weiter schlimm, er könne sich auch mit dem einen Hoden noch fortpflanzen undsoweiter.

Aber der Piranha hatte es nicht verkraftet. Er hatte es nicht überlebt.

Und er hatte das ganze Geld mit sich genommen, von dem nur er wußte, daß er es noch einkassieren sollte, die Schecks, die noch nicht eingelöst waren, die Wechsel, die Geheimnisse, die er mit sich herumtrug und von denen nicht einmal sein Vater wußte. Er hatte alles mit sich genommen, aus Scham über das, was mit ihm geschehen war.

Der Vater preßte ihn an sich, längst konnte er nicht mehr weinen.

Er hatte ihm beigebracht, wie man sich durch den Dschungel zu schlagen hatte, wie man die Krallen zeigte, Bosheit und Verschlagenheit und Schläue, mors tua vita mea, alle Tricks, um denen mit Wucher den Hals zu brechen, die geradezu danach flehten, alle Kniffe, um am Handelsplatz bestehen zu können, ohne Übersicht oder Geld zu verlieren.

Piranha war kein Buchhalter gewesen, kein Diplomkaufmann, nichts dergleichen. Hatte gerade mal eben das letzte Jahr der Pflichtschule geschafft, und trotzdem steckte er alle in den Sack, wenn es um Geld und Gerechne, Soll und Haben, Geben und Nehmen ging. Und sein Vater war stolz auf ihn gewesen.

Er drückte den Sohn und wiederholte immer wieder »mach dir keine Sorgen, Papà findet die Bastarde« und gleichzeitig wußte er, sogar er, daß es nicht wahr war, nicht wahr, weil der alte *squalo*, der Hai, dazu nicht mehr in der Lage war, er war müde, und dieser Tod hatte ihm den Gnadenstoß gegeben.

»Was ist das schon – Geld, nichts ist es, dieses Geld, ich scheiß auf dieses Geld, ich will meinen Sohn, gebt mir meinen Sohn zurück«, sagte der *squalo* immer wieder, wie ein Irrer, wie ein abgetretener Junkie, wie einer, der seinen Kopf verloren hatte.

Er schlief nicht mehr, wollte seinen Sohn wiederhaben, fragte dauernd nach ihm, er aß nicht mehr, der Hai, ging nicht mehr arbeiten, und die Ärzte waren sich in einem einig: Der alte Hai war im Schock und in Gottes Händen. Konnte sich erholen, aber auch in seinem Zustand verbleiben oder sich gar noch verschlimmern, die Beruhigungstropfen hielten ihn nieder, betäubt, im Schlaf.

Und immer, wenn er aufwachte, fragte er als erstes nach seinem Sohn.

48

Der Wucherer Ciro Napoli wurde von einem Einsatzwagen der Polizei mit einer fünfzehnjährigen Chinesin ertappt.

Ein Mädchen, das in seiner Fabrik arbeitete, oder besser: ausgebeutet wurde, und wenn damit genug war, hatte sie für ihn dazusein und er bestieg sie, wie und wann er wollte, und er drohte ihr, sie nach Hause zurückzuschicken, falls sie redete.

Die Polizisten überraschten sie in einem Hohlweg in der Gegend des Lucrino-Sees, es gab keinen Ausweg.

Purpurrot versuchte er, sich so gut wie möglich wieder zu fassen, das Mädchen war vollkommen nackt und weinte.

Sie verstand kaum Italienisch, aber das wenige machte ihr klar, daß die Polizeistreife sie aus den Klauen des Bastards befreite, der sie mit dem Arbeitsplatz erpreßt und dann mißbraucht hatte, um sie dann wieder in die Fabrik zu stecken, wo sie wie eine Sklavin weiterzuarbeiten hatte. Sie hatte ihm gefallen, die kleine Chinesin, schon beim ersten Mal hatte er ein Auge auf sie geworfen, damals, als sie ihm gemeinsam mit anderen Chinesen von einem finstern Typen, der als Vermittler unterwegs war in Sachen Sklavenarbeit, in die Fabrik gebracht worden war.

Als das Polizeiauto aufgetaucht war, hatte Ciro Napoli sterben wollen. Aber zum Sterben war es zu spät. Jetzt mußte er zahlen. Und richtig.

Er versuchte, sich die Polizisten gnädig zu stimmen, erfand dumme Ausreden, »eine Schwäche des Fleisches, verzeihen Sie mir, nicht für alles Gold dieser Welt würde ich es noch einmal tun, ihr müßt mich verstehen … ich habe Frau und drei Kinder, Töchter … Sie sind doch auch Männer, ein klein wenig Verständnis, ich bin ein Arschloch, ein Stück Scheiße … bin schwach geworden … aber nur, weil sie provoziert hat, ihr kennt sie nicht, diese Chinesen … ich schon, ich habe sie in meiner Fabrik, als Arbeiter, ich helfe ihnen, ich habe ihnen ein Dach überm Kopf besorgt, bezahle sie gut … weiß nicht, was mit mir los war …«

Die Polizisten sahen ihn stumm, ungerührt und regungslos an. Ciro Napoli, der glaubte, sein Monolog hätte die beiden Polizisten in irgendeiner Weise günstig gestimmt, zückte seine Brieftasche, zählte fünf Hunderttausend-Lire-Scheine ab und hielt sie ihnen hin. Die Polizisten schauten einander erst an, dann setzte eine Serie von Faustschlägen und Fußtritten ein, Unterleib, Schienbein, schließlich lag er mit dem Gesicht auf dem Wagen und sie legten ihm die Handschellen an.

Und schon hatte sich die Lage des Wucherers Ciro Napoli schlagartig verschlimmert: Schwarzarbeit illegaler Einwanderer, sexueller Mißbrauch von Minderjährigen und versuchte Bestechung polizeilicher Amtspersonen in Ausübung ihres Dienstes.

»Hast du einen guten Anwalt?« fragte der eine Polizist.

»Es sollte aber schon ein richtig guter sein, der beste, wenn möglich«, sagte der andere, »es wird nämlich einige Zeit vergehen, bevor du wieder die Luft atmen kannst, die hier draußen weht.«

»Ruf die Zentrale an«, sagte der eine Polizist, »und sag, sie sollen einen Einsatzwagen zu der Fabrik dieses Arschlochs schicken; ich glaube, da wird es einiges zu lachen geben.«

Währenddessen hatte sich die kleine Chinesin wieder angezogen und weinte immer noch, der eine Polizist ging auf sie zu und sagte beruhigend: »Es ist vorbei, nicht weinen, es ist vorbei.«

Sie blickte verängstigt, zu Tode erschrocken ins Nichts.

»Wie sagt man das in Chinesisch: Es ist vorbei?« wollte der zweite Polizist wissen.

»Keine Ahnung«, sagte der andere. »Aber sie hat schon verstanden.« Und dann, langsam buchstabierend, sagte er zu ihr: »Mach dir keine Sorgen mehr.«

»Ich habe den ganzen August auf dich gewartet«, sagte Carmela mit vor Begehren trockenen Augen zum Cattivotenente, »ich habe auf dich gewartet wie eine Schwachsinnige, wie eine Hündin, du hast mir versprochen, vorbeizukommen, du hast versprochen, wir würden gemeinsam ans Meer fahren, ich habe auf dich gewartet...«

»Hast du eine Zigarette?«, sagte er, Blick am Boden.

»Scheißfrage, du weißt genau, daß ich Geschmuggelte verkaufe, natürlich habe ich welche hier, was ist denn los mit dir?«

Der Cattivotenente zündete sich eine Marlboro an, zog den Rauch tief in die Lunge, sein Blick verlor sich irgendwo in dem *basso* der Salita Concezione a Montecalvario, er versuchte, Carmelas Blick auszuweichen. Und sie versuchte, sich wieder zu fassen, war überrascht, verlegen, aufgeregt und verärgert über den unvorhergesehenen, überfallartigen Besuch dieses Mannes, der sie wie verhext hatte, mit seinem etwas heruntergekommenen Gesicht, das sich aber immer noch diesen Zauber bewahrt hatte, der in jede ihrer Poren, in den letzten Winkel vordrang, und der nach einem schwülen Juliabend verschwunden gewesen war, nachdem sie in dem *basso* einen halben Tag gemeinsam verbracht hatten und sie sich falsche Hoffnungen gemacht hatte.

»Du hast dich nicht gefreut, mich wiederzusehen, ich spür das«, sagte er jetzt und sah ihr direkt in die Augen. Er hatte seinen Arm auf ihre Schulter gelegt, während sie in der Küche herumhantierte, um etwas Ordnung zu schaffen, schmutzige Teller zu verräumen, die zwei vom Wein roten Gläser, den Aschenbecher mit den verschiedenen Kippen, das Tischtuch mit den Sugoflecken, die Reste dessen eben, was ein zwangloses Abendessen hätte sein können, an irgendeinem dieser Oktobertage, in einem der *bassi* der Quartieri Spagnoli, eine Frau, wütend, zu verzweifelter Einsamkeit verurteilt, ein Mann, der vielleicht erst vor kurzem wieder gegangen war, der Cattivotenente spürte das, fühlte es, er roch diesen Mann, vor allem aber trug sie diesen Geruch an sich und vor allem in ihren Augen.

»Was sagst du da? Du tauchst, plötzlich, nach zwei Monaten..., plötzlich tauchst du auf...«

»Du mußt dich nicht rechtfertigen, ich weiß, ich bin ein Scheißkerl, ein Arschloch, ich weiß, aber damals, an dem Tag, ging es mir richtig gut mit dir, und...«

»Und deswegen, weil's dir so gut gegangen ist dabei, hast du beschlossen, dich nie mehr sehen zu lassen«, sagte Carmela. »Hast du vielleicht Angst davor, daß es dir gut geht, ist es das?«

»Ach was. Ich habe mich nicht blicken lassen, weil ich dir nicht auch noch meine Probleme ins Haus bringen wollte, mein Schlamassel. Und dann habe ich auf den richtigen Augenblick, den richtigen Tag gewartet, um vorbeizukommen, ich habe mir immer wieder gesagt, ich gehe morgen, und dann wieder: morgen..."

»Und so hast du den gesamten Sommer vorübergehen lassen. Nicht ein einziges Mal hast du mich ans Meer gebracht, ich hatte dich doch darum gebeten, bring mich nach Positano, Ischia, Capri, einen einzigen Tag lang, nicht länger, doch nicht einen Monat.«

Er versuchte, ihr Gesicht zu streicheln, aber sie wich ihm aus, auch wenn ihre brennenden Augen ihr Verlangen verrieten, ihre Verlegenheit und ihre Lust.

Carmelas Kind schlief hinter dem Tisch, dem kleinen Tisch im einzigen Zimmer in diesem Stock, im Halbstock hatte Carmela ihr Schlafzimmer.

»Es ist groß geworden, das Kind«, sagte er.

»Er ißt und schläft, der Glückliche.«

»Hast du mit Maria gegessen?« sagte der Cattivotenente.

»Nein. Maria ist nicht da, sie liegt im Krankenhaus, gegessen... gegessen habe ich...«

Er unterbrach sie brüsk: »Wie heißt er?«

»Pasquale... Aber es ist nichts Wichtiges, nur so, um nicht allein zu sein.«

»Ich habe verstanden«, sagte Carmine, »was solltest du auch tun, schon richtig..., herumsitzen und auf das Arschloch warten, das ich bin?«

»Hör auf, so zu reden. Bei dir fühle ich mich als Frau. Als Frau. Bei dir vergehe ich, zerfließe ich. Aber ich weiß nichts von dir. Du tauchst auf und du tauchst ab, bist wie ein Gespenst. Pasquale ist gar nichts für mich, nur so eine Geschichte...«

»Jaja, nur so eine Geschichte«, sagte er und zündete sich wieder eine Zigarette an.

»Auf jeden Fall wohnt Pasquale nicht hier mit mir, wenn es das ist, was du wissen willst. Er kommt mich ab und zu besuchen.«

»Ab und zu«, spottete er.

»Oh, also bitte..., was willst du? Und bring mich nicht dazu, daß ich schreie, sonst wird das Kind wach.«

Carmine Santojanni ging zur Tür des *basso*, schloß sie von innen ab, und während er Carmela näher kam, sah er sie direkt an, dann zerriß er mit einer Hand ihre Bluse und sagte: »Ich will dich.«

Carmela versuchte, ein paar Schritte rückwärts zu machen, um etwas Luft zu bekommen. Sie erwiderte seinen Blick, dann lehnte sie sich rücklings an den kleinen Tisch in der Mitte des kleinen Zimmers und ließ es zu, daß er, übermannt von Verlangen und Verzweiflung, sie hier nahm, auf diesem kleinen Tisch mit der kleinen Vase mit den Kunstblumen.

Carmela hatte sich auf den Tisch gelegt und dem Cattivotenente ihr rotes, begieriges, torweitoffenes Geschlecht angeboten. Carmine sank nieder und begann, sie zwischen ihren breiten Schenkeln zu küssen, sich zog sich ein klein wenig zurück und ein klein wenig verdrehte sie sich, erobert und verführt von Lust und Aufregung.

Irgend jemand konnte anklopfen, das Kind konnte wach werden, Pasquale konnte zurückkommen.

Carmine versenkte immer weiter seinen Kopf zwischen den schwarzen Haaren, die nach Spanien, Almeria, Gibraltar schmeckten, die Gerüche Marokkos, Weihrauch, Haschisch und Körpersäfte so stark wie das Verlangen Carmelas, die den Kopf nach hinten geworfen hatte und es atemlos zuließ, daß dieser Mann, der wie ein Gewitter in ihr Leben und in ihren *basso* gefahren war, alles erkundschaftete, was da war zwischen ihren Schenkeln und tiefer und tiefer...

Carmela kam, unkontrolliert stöhnend, und ihre schwarzen Haare, die über die Vase mit den Kunstblumen fielen, sahen aus wie ein Wasserfall, der die leblosen Blumen begoß, obwohl es eigentlich Carmine war, der ihr gerade Leben gab.

Und noch einmal brachte der Cattivotenente sie mit seiner Zunge zum Orgasmus. Und als er spürte, daß sie auf dem Gipfel ihres Verlangens war, drang er in sie ein, genau in dem Augenblick, als das Kind wach wurde und anfing, zu stöhnen und zu weinen, auf der Suche nach seiner Mutter, die eigentlich keine zwei Schritte weit von ihm war, in Wirklichkeit aber gerade in irgendeiner Galaxie kreiste, dorthin versenkt durch Stöße voller Zärtlichkeit und Einsamkeit, Verzweiflung und dem Willen, Liebe zu geben, Liebe, Liebe, Liebe…

Das war es, was Carmela suchte, sie hatte es sogar bei Pasquale akzeptiert, aber Pasquale war nur so eine Geschichte, er konnte ihr nicht das geben, was sie in diesem Augenblick von diesem heruntergekommen Mann bekam, der ihr Herz brach und sie alles vergessen ließ, was um sie war, den *basso*, den kleinen Tisch, die Kunstblumen, den Kinderwagen, das Kind, die Schmuggelware, ihre Freundin Maria, die Trostlosigkeit der immergleichen Tage, Tage ohne Gefühlsregungen, ohne Licht, ohne Leben, ohne Hoffnung, ohne Zukunft.

Geichzeitig fühlte sie sich wie eine amerikanische Diva, ein Star, Lana Turner, Rita Hayworth, oder wie Brigitte Bardot, die Brigitte Bardot ihrer Kindheit, als sie von St. Tropez, der Costa Azzurra, von der Bellavita, den Yachten, den Milliardären, Belmondo, Alain Delon, Yves Montand, Simone Signoret reden gehört und davon geträumt hatte, eines Tages so zu werden wie sie, und wenn es nur für einen einzigen Tag sein sollte, den einen Tag, auf den sie seither gewartet hatte.

Aber ihr Leben war gelaufen, wie es verlaufen war, Paris war weit weg, die herbstlichen Blätter waren längst gefallen und verwelkt und von wer weiß wie vielen Füßen getreten worden auf den Boulevards der Seinestadt. Ihr war nur ein einziges Meer zugestanden, ein Meer, das einen nicht umspülte, ein Meer der Schmerzen, ein Meer, das sie eben in ihre Hand zu pressen versuchte, während sie verrückt wurde vor Lust unter den Stößen des Cattivotenente, der ihr in einem einzigen Augenblick ganz Hollywood und seine Studios schenkte, Metro Goldwyn Mayer mit seinem berühmten Löwen. Er war der Löwe und sie wartete nur auf ein Zeichen von ihm…

Je me vurria addurmì vicino 'o sciato tuoje
n'ora pur'io, n'ora pur'io…

Ich möchte einschlafen neben deinem Atem
eine Stunde und ich, eine Stunde und ich…

50

Brucewillis von der *ferrovia* mochte Carmine Santojanni. Aber er wußte, daß der Cattivotenente einen sturen Kopf aufhatte, er kannte seine Art und gleichzeitig wußte er, daß er sich nicht mehr ändern würde, nie.

Und trotzdem bemühte sich Brucewillis, ihm Ratschläge zu geben, ihn dazu zu bringen, seine alte Kraft wiederzufinden, von der er anscheinend nicht mehr Gebrauch machen wollte, seine außergewöhnlichen Fähigkeiten, die wie im Nebel verloren und verblaßt waren.

Und Brucewillis, der Geld genug gemacht hatte, wußte, wie leicht es eigentlich seinem Freund fallen sollte, seine Fähigkeiten zur Geltung zu bringen, wenn er nur gewollt hätte.

Aber Carmine glaubte an seinen Gott, und dieser Gott war ein erzürnter Gott, ein quälender, chaotischer, groß und zärtlich, Kind und Verrückter, Gott und Teufel, Nacht und Tag, Wahnsinn und Verzweiflung, und verbrannte Millionen und leere Taschen, die ihm jeden auch noch so blauen Himmel schwarz erscheinen ließen.

Brucewillis von der *ferrovia* hatte weiter versucht, Kontakt zu Carmine zu halten, hatte versucht, ihn an einem Sonntag zum Essen einzuladen, hatte versucht, ihn aus seinen vier Wänden zu entführen, weg von seinen amerikanischen Filmen, den französischen *noirs*, von Melville und Jean Gabin, von Belmondo und Françoise Perier, von Michel Constantin und Jeanne Moreau...

Aber diese Wände aus Weihrauch, Bier und schlafmüden Augen wußten sehr viel mehr, als er draußen jemals hätte finden können, davon wenigstens hatte Carmine Santojanni versucht, sich zu überzeugen, und so hatte er Zeit gewonnen und Ausreden gefunden, und dann wieder, plötzlich, war er es, der auftauchte, hatte Ausbrüche von Enthusiasmus, die eigentlich die Welt auseinanderreißen konnten, und Abgründe von Zusammenbrüchen, die ihn über eine harmlose Treppenstufe stolpern ließen.

Auch Bobdeniro hatte um Verzeihung gebeten für die Leichtfertigkeiten der vergangenen Monate, für seine Ängste, sein Zögern, seine Unsicherheit. Er hatte für den Cattivotenente bei der Bank einige offene Fragen regeln können, hatte es geschafft, ihm ein paar kleinere Arbeiten zu besorgen, nichts Besonderes, aber doch genug, um ihn wenigstens kurzfristig vor weiteren Pressionen zu bewahren und vor dem Zwang, neue Verschiebegeschäfte, neue Termine einzugehen.

Und war Bobdeniro von der *ferrovia*, trotz vergangener Schwierigkeiten, nicht der, der ihm tatsächlich am nächsten stand? Er rief ihn regelmäßig an, auch unter irgendeinem Vorwand, einfach um ihn zu hören, auf einen Kaffee, wegen eines kurzen Ausflugs ans Meer.

Und Bobdeniro schaffte es sogar, den Cattivotenente zum Lachen zu bringen, Carmine schaute ihn an, während er lachte, und fragte sich, wie es Bobdeniro immer wieder gelang, einfach so auf sein ganzes Schlamassel zu pfeifen.

Und Carmine fragte sich, wieso Bobdeniro sich jetzt, außer seinem eigenen Schlamassel, auch noch das des Cattivotenente aufhalsen wollte. Er selbst traute längst keinem mehr.

Keinem.

51

Seit einiger Zeit schon hatte sich Sciaronstò in den neomelodischen Sänger verknallt, der auf der Piazza Gravina in dem Palazzo gegenüber wohnte, ein junger, in den ärmeren Wohnvierteln Napolis sehr bekannter Sänger, einer der jüngsten Generation, einer, der Lieder von verhinderter Liebe und Verrat sang, von sich selbst überlassenen Kindern, flüchtigen Geliebten und ähnlichen Geschichten.

Tonino 'o 'mericano, Künstlername Jonnybigud, war hübsch, die Haare auf den Punkt genau geschnitten und penibel gegelt, unterm Strich also einer, nach dem die Annarellas, Annamarias, Assuntas, Cinzias undsoweiter verrückt waren.

Und verrückt nach ihm war auch Sciaronstò, sie hatte ihn aufwachsen sehen, und jedesmal, wenn sie sich begegneten, hatte sie ihm ein maliziöses Lächeln zugeworfen.

Und nach all diesem Lächeln war es Sciaronstò endlich gelungen, sich heimlich mit ihm zu treffen. Er spielte mit, empfand Zuneigung zu Sciaronstò, obwohl der Transvestit im Viertel von so gut wie allen etwas schräg angesehen wurde, vor allem wegen seines Auftretens und seines Aussehens. Aber Jonnybigud spielte mit, und als er eines Abends keinen Auftritt hatte, besuchten sie eines der Pubs am Hang des Vesuvio, sie zwei alleine, ein nicht ganz geglücktes Amerika, eine getürkte und zusammengestückelte Diva, dazu noch Transe, und ein neomelodischer Sänger, der einen berühmten amerikanischen Liedtitel als Namen trug, erst in einem blitzneuen Mercedes, dann in dem Pub, lachend und redend und streichelnd, ihre Umgebung mußte sie für zwei Vesuviotouristen halten.

Und obwohl jede Menge junger Mädchen verrückt nach ihm waren, saß Jonnybigud hier, und es gefiel ihm insgeheim, sich mit dieser hausgemachten Diva zu vergnügen, allein der Gedanke an die Grenzüberschreitung erregte ihn, und also nahm er Sciaronstòs Hand und führte sie auf seine Hose. Die Augen der Transvestitendiva leuchteten auf und sie sagte: »Zum Wohl auch. Da hast du aber ein Problem!«

Tonino Jonnybigud lachte und brachte seine kleine Haartolle wieder in Ordnung, und weil er dachte, daß es vielleicht an der Zeit wäre, sich zurückzuziehen, auf irgendeinen der Feldwege am Vesuviohang, bezahlte er.

Jonnybigud streckte sich auf dem flachgelegten Sitz seines Mercedes Kompressor aus und ließ Sciaronstò, die erfahrene Transendiva, ihre Erfahrung und Klasse an einer Fellatio beweisen, die sogar den in nächster Nähe schlummernden Vesuvio aufgeweckt hätte.

Er fühlte sich wie ein berühmter amerikanischer Sänger, Tonino, der neomelodische Sänger, jetzt war er Bruce Springsteen, ein Star, jetzt war er unwiderrufbar ganz oben angekommen, auf dem Gipfel der Lust und des Erfolges, während die samtene Zunge Sciaronstòs über seinen Schwanz glitt, den noch keine Frau so groß bekommen hatte wie diese Sciaronstò, die seit ewigen Zeiten schräg gegenüber wohnte und die er wohl bis jetzt unterschätzt hatte.

»Was soll ich jetzt bloß ohne dich tun?« fragte er unvermittelt, nachdem sich Sciaronstò an seine Seite gelegt hatte und ihn streichelte und durch seine Haare fuhr. »Ist schon ein schönes Schlamassel, das Leben – ein Puff.«

»Mach dir keine Sorgen«, beruhigte ihn Sciaronstò, »falls das Leben ein Puff ist, werde ich deine Puffmutter sein, ich will dir eine Freundin sein, eine zärtliche, die dich leckt, küßt, die dir Gesellschaft leistet, wenn du traurig bist.«

»Ich mag dich«, sagte Tonino.

»Ich bin verrückt nach dir«, sagte die Transendiva.

52

Pasquale Scintilla, den man Scintillone, den fetten Funken, nannte, wurde um sechs Uhr morgens verhaftet, zwei Streifenwagen holten ihn aus seiner Wohnung im Quartiere Mater Dei und brachten ihn ins Gefängnis Poggioreale.

Verschlafener Scintillone, noch halb im Rausch, vernebelt vom Schlaf und von der Angst, die Klingel, dring dring dring dring dring, wer verdammt ist das, um die Uhrzeit?

»Polizei, aufmachen, Polizei!«

Scintillone in Unterhosen, Scintillone mit pelzigem Mund, Scintillone mit roten Augen vom Stoff und von der Müdigkeit, Scintillone, den man in seinem Allerheiligsten gestört hatte, obwohl er das eigentlich längst gewohnt war, bei all den Geschichten, die er in seinem Leben getrieben hatte, es war nicht das erste Mal, daß man ihm auf den Sack ging, aber das erste Mal um diese Uhrzeit, und noch nie so heftig, »was ist denn hier los, beruhigt euch, ich bin doch nicht Al Capone«.

Diesmal hatte Scintillone richtig Angst, wegen der Geschichte mit dem Typen und dem FIAT Punto, Sommer und Gradini Gesù e Maria, darum machte er sich Sorgen, echte Sorgen. Er wußte nicht, daß der Tedesco gesungen hatte, im *Oyecomova*, daß er erzählt hatte, der bei ihm gefundene Stoff gehöre eigentlich Scintillone, und Name und Vorname und Anschrift hatte er gleich mitgeliefert.

Der Tedesco, dieses Drecksarschloch, hatte ihm nicht nur sein »Geschenk« nicht an den Strand von Bagnoli gebracht, sondern ihn jetzt auch noch als Dealer verpfiffen, nur um weniger Ärger mit den Bullen zu haben, die ihn mit einem ordentlichen Batzen Geld und Stoff erwischt hatten.

Pasquale Scintilla mochte vieles sein, aber er war kein Dealer. Er war ein alter Junkie, ein Verlorengegangener, eine Ruine, ein Verzweifelter und was sonst noch, und die Bullen wußten das auch, und wieso glaubten sie diesmal dem Arschloch von einem Tedesco?

Und deswegen dauerte es und dauerte, bis man Scintillone

endlich nicht mehr drangsalisierte. Sie hatten ihn dazu gebracht, Blut zu spucken, im Grunde gar nicht wegen des Stoffes, sie vermuteten schlicht und einfach, daß er wußte oder ahnte, wer hinter dem Mord an dem jungen Mann in der Via Gesù e Maria steckte.

Schwach und dumm wie er war, lief Scintillone in die Falle, und so kam der Name des treuen Vincenzo raus, Castiello Vincenzo, nicht vorbestraft, einunddreißig Jahre, drogenabhängig mehr aus Angst als aus sonstwas, vaterlos, mutterlos, wohnt in der Wohnung einer seiner Schwestern an der Salita Stella, sozusagen ums Eck von Scintillones Wohnung. Der für ihn wie ein großer Bruder gewesen war, ein Lehrmeister, ein geistiger Führer, einer, der gerade dabei war, ihn unfreiwillig in die Scheiße zu reiten.

Und da saßen sie dann beide, Scintillone und der treue Vincenzo, und es gab keine Heiligen mehr für sie. Die einzige Vergünstigung, die man ihnen zukommen ließ, während sie auf den Prozeß warteten, war die, daß man sie gemeinsam auf eine Zelle legte.

Und so landeten sie in einer Zelle mit Willy, dem schwulen Friseur von Pimigliano, Willy, der den Machobruder seiner Frau erstochen hatte.

Außerdem saßen in der Zelle zwei Kleiderschränke, die des mehrfachen Mordes angeklagt waren. Zwei Berserker, die das Himmelsgeschenk mit offenen Armen angenommen hatten und vom ersten Tag an über Willy hergefallen waren. Und wehe, er hätte geredet.

Als dann Scintillone und vor allem der treue Vincenzo dazukamen, änderte sich das Klima. Denn als der treue Vincenzo eines Nachts das erste Mal mitansehen mußte, wie einer der beiden Kleiderschränke auf Willys Matratze sprang, um ihn zu besteigen, drehte er durch, und es kam zu einer Schlägerei. Am nächsten Morgen wurden die beiden Berserker in eine andere Zelle verlegt.

Und der treue Vincenzo bekam einige Wochen später ein Messer in den Unterleib. Und natürlich hatte keiner etwas gesehen und keiner hatte etwas gehört.

Dem treuen Vincenzo standen nur Scintillone und Willy bei, der endlich einen echten, selbstlosen Freund gefunden hatte.

Was nicht wenig war in dem Dschungel, in den es sie verschlagen hatte.

53

La Carogna, das Aas, hielt sich für Gottvater. Weil er voller Geld und Überheblichkeit war, voller Reichtümer und Juwelen und fetter Autos und Schließfächer und voller ordentlicher Schatzanweisungen und normaler Schatzanweisungen. Er demütigte die Menschen mit dem Geld, und in seinem Hochmut übertrieb er es mit einem seiner Beschützer, eine Nachlässigkeit, er hatte gedacht, er stünde über den Dingen, ihm könne nichts passieren. Aber er täuschte sich.

Weil an seinem Namenstag, San Raffaele, sein Geschäft auf dem Corso Garibaldi plötzlich brannte, ein Riesenfeuer, so daß alles in Flammen stand, bevor die Feuerwehr überhaupt vor Ort war, alles, alles, was ihm so wichtig gewesen war, alles, worauf er so hochmütig stolz gewesen war.

Ohnmächtig stand er vor dem Feuer und sah ihm dabei zu, wie es sein Hab und Gut, seine Sicherheit verschlang. Und die Wut fraß ihn dabei auf. Aber das Feuer war sogar stärker als seine Wut. Und Carogna, dem Aas, blieben nur seine vor Haß und Hitze feuchten Augen und seine schweißnassen Hände.

Unterdessen war die Feuerwehr angekommen, auch wenn es längst nichts mehr zu retten gab.

54

Carmine Santojanni war ins Schleudern geraten.

Eingehüllt in den Rauch seiner Gitane irrte er durch seine Stadt, auf der Suche nach zwei Augen, einer Seele wie der seinen, einem Mauereck, in dessen Schutz er pissen oder schlimmstenfalls kotzen konnte, er verlor sich in den elektrischblauen Reklametafeln der Videospielhöhlen, ging in die Billardsäle rein und ging wieder raus, wie ein Queue, der seine Kugel sucht, wie ein Junkie, der seinen Dealer sucht, wie ein Alkoholiker auf der Suche nach einem Glas Brandy um sechs Uhr morgens.

Er irrte umher, und manchmal schleuderte er.

Durch die Via Litoranea, die Caracciolo, die Vergini, die Cristallini, die Via Foria.

Wie betäubt von dem Gehupe und dem Gelärm seiner infernalischen Stadt.

Der Cognac hatte seine Zunge einschlafen lassen und das Hirn und er träumte. Und er sah vor sich einen, der James Dean ähnelte, aber da war keine Sternwarte, und die Tausende und Abertausende Sterne gab es auch nicht, da waren keine amerikanischen Jugendlichen, Julie war auch nicht da, und vor allem waren da keine Autos, aus denen man im allerletzten Augenblick springen konnte, kurz bevor sie in den Abgrund stürzten.

Vielleicht ahnte er es ja auch schon, der Cattivotenente, daß er sich längst im Abgrund befand; er trug nicht James Deans rote Jacke, und da war keine Julie, zu der man hätte sagen können: »Jetzt werden wir nicht mehr alleine sein.«

Da war kein Vater, der ihn für sich beanspruchte, da war keine überfürsorgende Mutter, es gab keinen Freund, der seine Hilfe benötigt hätte, seine Kraft, seinen Mut, seine Zärtlichkeit. Er war allein, allein auf der Via Medina. Mitten in Napoli.

Die Vitrinen vor ihm boten Mobiltelefone zu Billigstpreisen an, alle Modelle, Marken, Farben, und Computer, die Wunder versprachen, Fotoapparate, die die Zeit anhalten sollten, die Augenblicke, die Einzelheiten, die Nuancen der Farben. Der Farben, die er längst nicht mehr sehen konnte. Und die ihm trotzdem hin und wieder ins Auge sprangen, die Iris beleidigten, wie überstarke Lichtentladungen. Es waren nur Farben, manchmal gedämpfte, manchmal lebhafte, es waren nur Farben.

Das Blau, das Rot, das Grün, das Orange, das Meerblau.

Das Meerblau, das er immer gesucht hatte, auch im Blau der stockfinsteren Nächte, das Meerblau, das seine Träume ausgekleidet hatte und seine Hoffnungen, das ihn geschaukelt hatte, wenn sich sein Blick in den Wellen seines Meeres verloren hatte, als sein Meer seinen Himmel berührt hatte, als der Himmel zum Morgen wurde und der neue Tag ihn an der Hand nahm.

An der Marina stieg er in eine der alten Trambahnen und fand sich in Fuorigrotta wieder, wanderte zwischen den wütenden und strahlenden Gesichtern der jungen Frauen hin und her, die für Maradona gebrüllt hatten, wunderschöne junge Frauen, die aus dem Nichts gekommen waren, Ärsche und Titten, Lockenhaar, Strahlezähne, unendliche Entfernung. Zwischen jungen Menschen, die mit dem Mythos der Camorra aufgewachsen waren, den Kratzern auf den Knien und dem Geruch der Straße zwischen den jungschönen Lippen und vereinzelt zerschlagenen Schneidezähnen, billiges Haargel und Jeans, sie hatten sich längst in die Werbeslogans verloren, die sie am liebsten imitiert hätten, aber Amerika war fern, sehr fern...

Er blieb vor der Auslage eines Geschäftes stehen, das Bettdecken und Weißwäsche verkaufte, und zwischen einem Federbett und farbigen Handtüchern lachten ihn zwei schöne, grenzenlose Augen an. Zwei Augen, die seit jeher schon in seiner Stadt unterwegs waren, zwei Augen, wie es sie an jedem Gasseneck gab, schlecht geschminkt vielleicht, aber an diesem Abend waren das die zwei Augen, die für ihn da waren, den heruntergekommenen Cattivotenente, der sich herumtrieb und manchmal auch herumschleuderte, müde von Cognac und Gitanes, müde von Einsamkeit und diesem ewigen Sichgehenlassen.

Diese zwei Augen schafften es, daß er sich einen Augenblick lang wieder lebendig fühlte, angeregt, aufgebaut, aufgeregt. Zwei Augen wie die seinen.

55

Die Signora Tàccer war eine der häßlichsten Transvestiten Napolis. Häßlich, aber freundlich bemüht.

Und so war sie es, die zuerst Uocchie 'e vongola anrief an diesem Morgen, um ihr die allerherzlichsten Glückwünsche zum Sechzigsten auszusprechen.

»Sechzig Jahre voller Leben und Strichjobs«, bemerkte Uocchie 'e vongola säuerlich.

»Hundert über diese hinaus«, sagte Signora Tàccer, »hundert Jahre, mit wem auch immer du möchtest, immer den Fisch in der Hand... Oder besser noch: Ich wünsche dir, wenn es einmal so weit sein soll, mit dem Fisch im Mund zu sterben.«

»Was für ein schöner Tod, meine Freundin«, sagte die Jubilarin, »und, bitte, nicht vergessen: komm nicht zu spät, heute abend. Und bring nichts mit, tu dir nichts an, ich habe alles schon bekommen.«

An diesem Abend wurde im *basso* der Uocchie 'e vongola im Vico Lungo Gelso nicht nur ihr Geburtstag gefeiert, sondern auch noch der historische Friedensschluß zwischen Manuela Sartiburgnichfacchetti und Uocchie 'e vongola, die seit zwanzig Jahren nicht mehr miteinander gesprochen hatten wegen des schlecht genähten Übermantels, sowie der Friede zwischen Evakant, die aus dem Krankenhaus entlassen worden war, und Carusiello, die ihr in einem Wutanfall das halbe Ohr abgebissen hatte.

Carusiello war betrübt und beschämt, sie hatte geweint und der Freundin zweihundert langstielige rote Rosen ins Krankenhaus geschickt, und als Evakant die Rosen sah, konnte sie nicht anders als in Schluchzen auszubrechen, obwohl Carusiello sie doch verunstaltet hatte, aber doch nicht so sehr, weil man ihr das Ohrteil perfekt wieder angenäht hatte.

Alle Freundinnen, sie alle, wollten nichts anderes, als daß es zwischen ihnen keine Schmerzen, Unstimmigkeiten, Groll und wassonstnoch geben sollte, und wenn man schon einmal dabei war,

Frieden zu stiften zwischen den beiden alten Transen, konnte man es auch mit den beiden jüngeren machen. Anfänglich wollte Evakant noch auf stur schalten, aber nach kurzem Insistieren der Freundinnen wurde sie weich und beschloß, der glatzköpfigen Carusiello zu verzeihen, die längst alles bereut hatte.

Der *basso* der Uocchie 'e vongola war natürlich zu klein, um alle Geladenen aufzunehmen, praktisch alles Schwultuntentransenweibchen mit Ausnahme der einen oder anderen Signora aus der Gasse, die bei den Küchenvorbereitungen geholfen hatte, und des einen oder anderen Jünglings, der von einer der Transen mitgebracht worden war. Trotzdem. Sie waren weit in der Überzahl. Und der Tisch, der mitten im *basso* begann, reichte bis auf die Gasse und wurde dort zum langgezogenen L, damit alle Platz am Tisch hatten, und hoch über dem Tisch ein Wachstuch, um zu verhindern, daß sich irgendwelche mißgünstigen Nachbarn aus den oberen Stockwerken werfend oder spuckend einmischten.

Das Hauptquartier der neapolitanischen Transvestiten hatte mobil gemacht. Es ging um ein historisches Ereignis, man hatte zwei wichtige Friedensabschlüsse zu feiern, hoch die Solidarität unter den Freundinnen! Und den Mißgünstigen, und das waren viele, zum Trotz. Verrecken sollen sie. Uocchie 'e vongola hatte alles darangesetzt, alle einzuladen, die dazugehörten, keine zu vergessen und keinen Mißgriff zu tun. Die Liste war lang gewesen.

Sie kamen grüppchenweise an und tröpfchenweise, meist längst nicht mehr nüchtern: die Cavalla, Carusiello, Evakant, Sciaronstò, die Furstenberg, Prettivumen, die Bettedevis, die Signora Tàccer, Neuneinhalbwochen, Maria Paris, Tecla Scarano, Manuela, Amandalir, Virnalisi, Tisica die Schwindsüchtige, die Roipnol, Demimur und Manidifata, die Gabrielaferri, Annìgirardò. Und noch viel mehr von den Transen, die gekommen waren, um sich zu verknäueln und verbeißen, versehen und versaufen.

Uocchie 'e vongola und Capa 'e bastone hatten das alles organisiert und waren ebenso supernervös wie müde von den Vorbereitungen zum Essen: Antipasti, Mozzarella, Schinken, Bruschette, marinierte Sardellen, *rigatoni alla bottarga*, *linguine all' astice*, *risotto ai frutti di mare*, *brasse al forno*, Sorbett, Braten und Salate, Obst, Kuchen, Kaffee, Limoncello di Sorrento.

»Scheiß auf die, die uns nicht lieben!«

Und dann waren da noch die Blumen, Bouquets, Rosensträuße, Nachthyazinthen, Gladiolen, Stiefmütterchen und irgendwelche Zimmerpflanzen, dann Pralinen und Präservative, Schmuck, Unterwäsche, Perückenzubehör, und schließlich Cremes und Cremchen und Parfum, und dies und jenes und noch viel mehr. »Diese Tunten: Wenn sie was tun, tun sie's richtig. Oder gar nicht.«

Und in dem *basso* in den Quartieri Spagnoli, die nichts von Roman Polanski und seinem *Chinatown* wußten, wurde die ganze Nacht gefeiert.

Die Stereoanlage spielte Musik von *Guantanamera* (und sofort dachten ein paar Transen, sie wären Kubanerinnen) bis *La bambola* (tu mi fai girar tu mi fai girar come fossi una bambola – du drehst mich und du drehst mich, als ob ich eine Puppe wär), wild und ordinär und versoffen lachten sie, die Transen, froh darüber, endlich wieder einmal gefeiert und sich getroffen zu haben, vereint, umarmt, Freundinnen, Schwestern, Gesinnungsgenossinnen, Kameradinnen, auch wenn sie tags darauf längst schon wieder bereit sein würden, sich mit dem Messer anzugehen, mit Fäusten, Pistolen und Spucke. So waren sie nun einmal, und es wunderte sich keine.

Eine Gasse weiter, in Carmelas *basso*, gab's kein *Guantanamera*, gab's keine Puppen, gab's keine Kohle.

Und Carmine, der nach der Lust und dem Hochgefühl der letzten hier verbrachten Nacht wiedergekehrt war, begriff, daß er in dem Nichts dieser Parterrewohnung nicht zu seinem Frieden, nicht zu Wut Einsamkeit Verzweiflung Glauben finden würde, so sehr er auch auf der Suche danach war, nicht in dem feuchten Modergeruch dieser Mauern und nicht zwischen den Schenkeln Carmelas.

Im Schrankspiegel hatte er in ihren Augen ihr vermaledeites Leben gesehen, es lief ab wie ein unaufhörlicher Film, der seine Helden mit Carmines Träumen vermischte, sein Amerika in eine frühmorgendliche Seine tauchte, die Alain Delons und Yves Montands Gesichter widerspiegelte, auf der Place Vendôme während der Dreharbeiten zu *Le cercle rouge*... Und *rouge*, eigentlich *très rouge*, waren ihre Augen, melancholische Augen, weil sie wußten, daß es für sie kein Morgen geben würde, keine Musik, kein *Guantanamera*, keinen Roman Polanski, der irgendwo auf sie wartete, um vielleicht *Action!* zu rufen.

Und Carmela, die seine wirren Gedankengänge nicht begreifen konnte, sah ihn verängstigt an, und mit dem Rücken an der Küchenwand und mit der Mocca-Maschine in der Hand fragte sie ihn: »Ich mach dir einen Kaffee, ja?«

Aber Carmela hatte inzwischen begriffen, daß das, was sie ihm geben konnte, nicht reichen würde und nicht helfen würde. Was sie ihm geben konnte, hatte sie ihm bereits gegeben, mit Herz, Seele, Eingeweiden, Tränen, Fleisch, Schweiß. Da stand sie, mit der Mocca-Maschine, und in diesem Augenblick hatte sie begriffen, daß sie sich mit ihrem nutzlosen Leben abfinden mußte und mit diesem Pasquale, der es beim Essen immer eilig hatte und der sie immer schnellschnell fickte und sie nie als Frau sich hatte fühlen lassen, wie er es, er ja, geschafft hatte, vor einigen Tagen.

Aber er war gegangen, an jenem Abend, die Radiosender hatten ihn mit sich gezogen, die neomelodischen Sänger und ihre Geschichten von der unmöglichen Liebe, die Lastwagen der Städtischen Müllabfuhr, die sich die Gassen hocharbeiteten wie durch eine Weihnachtskrippe und aus den Müllsäcken Lebensläufe und zerbrochene Träume klauten, zusammen mit den Resten eines namenlosen Abendessens mit Schnitzeln alla pizzaiola und fagiolini all'aceto.

An diesem Abend sollte er wieder weggehen, und vielleicht würde er nie mehr wiederkommen.

Der Cattivotenente zündete sich eine neue Zigarette an und streichelte Carmelas Haare, die sie gekämmt und geglättet hatte, dann trat er aus dem *basso* und sah auf die Glühbirnen in den Lampions, die ihn an Weihnachtsbaumlichter erinnerten, die aber von Weihnachten nichts wußten.

Carmela sah, wie er wegging. Für sie war dieser Mann ein Sohn und ein Vater, ein Ehemann und ein Geliebter, ein Dieb und Zinker, ein Betrüger, eine Erscheinung, ein Traum, ein wunderbarer Sonnenaufgang an einem ruhigen Meer, die Füße im feuchten Sand und eine Decke über den Schultern.

Carmine hatte den *basso* verlassen.

Da war doch dieses *Guantanamera* gewesen, er ging die nächste Gasse hinauf, in der noch diese Reste eines Festes hingen, Fröhlichkeit und Alkohol, Geräusche und Gelächter und Gegacker; man konnte glauben, daß es da noch Reste von Leben gab. Ohne eingeladen zu sein, schlich er sich in den *basso*, der nach Essen und Verzweiflung roch, und er zog all dieses Leben durch die Nase hoch, soviel wie er nur stehlen konnte, während die behelfsmäßige Stereoanlage immer wieder *Guantanamera, guajira guantanamera* spielte…

56

Die Arbeitslosen der Via Bartolo Longo. Die vom neunten August in den Baracken von Ponticelli. Die Unglücklichen, denen man von morgens auf abends gekündigt hatte.

Mariagrazia, Luisa, Salvatore, Rosa, ihr Mann Andrea, Signora Marittona, ihr Ehemann, der Ehemann von Mariagrazia und der von Luisa fuhren an einem kalttrüben Morgen Ende Oktober mit ihren Ketten von Ponticelli los und hatten vor, aufs Ganze zu gehen.

Verzweifelt über das Ausmaß ihrer Erniedrigung hatten sie sich auf den Weg gemacht zur Colonna Spezzata, um sich an dem Denkmal auf der Rotonda von Piazza Vittoria anzuketten, von dem aus man einen wunderschönen Blick auf das Meer hatte.

In Ketten gelegt, mitten in Napoli, aus Protest, unter aller Augen, unter der Drohung, man würde sich ins Meer schmeißen, wenn nicht irgend jemand, irgend eine Autorität, ein Werweißich, eine Madonna, ein Jesukind, einer der zählte, einer der etwas zu sagen hatte, ein Journalist, ein Reporter, irgendeiner, nicht endlich ihre dramatische Lage entsprechend bekanntmachen würde.

Eine Lage, in der viele andere auch waren, sehr viele in dieser Stadt, am Hafen, am Meer, Zorn Katakomben Lieder Gauner Wanderhändler Theaterimpresarios Betrüger Sänger Parkplatzbesorger da und Palazzobesitzer Reiche Nimmersatte dort, die Leute mit den Direktzugängen zum Meer, Posilippo, Zugänge, die das Meer direkt ins Haus brachten, ein Meer, das an Sonnentagen ein Wundermittel war, Linderung für jede Depression und Demütigung, ein Meer, das an Regentagen ein Gefährte war, den man aus der Ferne beobachtete, wie er stocksauer stinkwütend sturmschwankend seinen Gemütszustand an Land warf. Diese Stadt hatte viele Stimmen, eine über der anderen, eine hinter der anderen, ein riesiger Chor, ein verstimmter Chor voller Wut und Liebe, Zorn und Verzweiflung.

Diese Stadt, die die Lotto- und SuperEnallotto-Annahmestellen stürmte in der Hoffnung auf eine Fata Morgana, die ihr nie erscheinen würde, und die trotzdem unbeirrt weiter hoffte und ihren Glauben nicht aufgab.

Sciaronstò und Jonnybigud versuchten eine Liebesflucht.

Sie flüchteten in einem Mercedes Kompressor Vollausstattung inclusive Gummis, während Jamiroquai lauthals aus den Lautsprechern sang.

Bestimmungsort Montecarlo. Ein Wahnsinn. Irrsinn aus Liebe und Sex. Fern aller indiskreten Augen. Weitab von allen und allem.

Ohne irgend jemanden etwas zu sagen. Toninos Impresario, der einen Kalender voller Termine hatte, war bereits auf dem Weg ins Irrenhaus. Tonino war nicht aufzufinden gewesen.

Mobiltelefon stumm. Nottelefon stumm. Und zu Hause die verzweifelte Mutter, die sich längst schon das Übelste ausmalte.

Tonino Jonnybigud hatte so etwas noch nie getan, hatte seinen Impresario noch nie hängen lassen, den Impresario mit seinem dichtgedrängt vollgeschriebenen Kalender, der Auftritte vorsah von Torre del Greco bis Sant'Anastasia, von Portici bis Vietri sul Mare.

Aber jetzt hatte er es getan. Und es war keine Kleinigkeit.

Heftiger Ärger für den Impresario, Drohungen und Vertragsstrafen. Was dem Impresario aber am meisten Sorge machte, war, daß »die« sich auf ihre Weise bemerkbar machen würden. Wehe, du hältst dein Wort nicht. Und sie hatten ihr Wort nicht gehalten.

Auch wenn der Impresario unschuldig war.

Jonnybigud war inzwischen in Montecarlo angekommen und hatte es sich in einer Suite gemütlich gemacht mit einer Transendiva, die sich aus gegebenem Anlaß absolut göttlich herausstaffiert hatte.

Mehr Frau als jede echte Frau, schritt sie die Treppen des Hotels Montecarlo königlich abwärts, daß Prinzessin Caroline eifersüchtig hätte werden können.

Auch wenn der Hotelportier sie etwas eigenartig angesehen hatte, schließlich stand in ihrem Ausweis: Antonio Capuano.

Drei wunderbare Tage gingen vorbei, Tonino Jonnybigud war längst wortwörtlich verrückt geworden an dieser Sciaronstò, die in den drei Tagen längst den *basso* in den Quartieri Spagnoli vergessen hatte, an dem sie gelehnt hatte, um die guten Kunden an die Angel zu nehmen, der *basso* von Uocchie 'e vongola, die geplatzt wäre vor Neid, Eifersucht und Verwünschungen, wenn sie sie jetzt hätte sehen können.

Sie hatte längst beschlossen, niemandem von dieser Reise zu erzählen, wenn sie einmal wieder nach Napoli zurückkehren würde. Was soll man schon erzählen? Und wer würde dir glauben?

Jonnybigud ging in einen der Juwelierläden Montecarlos und kaufte ihr einen Brillantring. An ihrem letzten Abend steckte er in ihr an den Finger.

Sciaronstò war gerührt und weinte.

»Was machst du Tonino... Du bringst mich dazu, daß ich weine. Madonna mia, gleich löst sich mein Make-up auf, was gebe ich da für ein Bild ab... Madonna, Tonino, er ist wunderschön, wer weiß, wieviel du dafür ausgegeben hast. Madonna, bin ich glücklich, ich war noch nie so glücklich. Oder, weißt du was, Tonino? Vielleicht war ich überhaupt nie glücklich.«

Tags darauf verließen sie Montecarlo, um nach Italien zurückzukehren. Auf der Autobahn, hinter Ventimiglia, Richtung Genova, verliebt verloren vergessen, der eine in den anderen, endeten Tonino Jonnybigud und Sciaronstò, die Transendiva, an dem Pfeiler eines Viadukts, Mercedes Kompressor hundertachzig Stundenkilometer. Das Autoradio spielte *Ciucculatina da' ferrovia*, Sciaronstò trug an ihrem Finger noch den Brillantring, den ihr Tonino geschenkt hatte, in dessen Gesicht, das sich am Lenkrad zerquetscht hatte, immer noch dieses kleine Lächeln zu sehen war.

Ciucculatina da' ferrovia
Marlboro 'e cuntrabbando
annanze 'a 'na bancarella
scugnizza e santarella...

Kleines Schokoladenmädchen von der ferrovia
stehst vor deinem Stand
mit geschmuggelten Marlboros
Straßenköter und kleine Heilige

58

Vierno che frieddo 'nda 'stu core...
Winter, welche Kälte in diesem Herz...

Zwei Augen begleiteten Carmine Santojanni durch eine verlogene und nur mäßig kalte Nacht.

Ein Stück kalte Pizza ai funghi in dem Auto, das amerikanisch sein wollte und es nie gewesen war. Und zwei Biere für den leichten Schwips.

Sie hatten wache Augen, der Cattivotenente und die Frau, deren Augen von einem malaysischen Tiger zu kommen schienen, unter der Haarsträhne, die ihre linke Gesichtshälfte bedeckte, das Gesicht einer Göttin, die mit einem Lächeln die Zündkerzen seines Autos überredet hatte, wieder zu arbeiten.

»Falls die Straßenbahn kommt, laß sie warten«, sagte er und grinste, nachdem er das Auto auf den Gleisen der Straßenbahn von Fuorigrotta abgestellt hatte, »hast du verstanden? Laß sie warten«, und er zog los, um ein Stück Pizza zu kaufen, das sie beide dazu bringen würde, sich wie zwei Straßenkinder zu fühlen, zwei Minderjährige, zwei Zigeuner, sie Gitana und er an seiner Endstation.

Angekommen an der Endstation einer wenig befahrenen Linie, mit der niemand mehr fuhr, mit der keiner mehr fahren wollte. Eine Linie, die es aus purer Gewohnheit noch gab.

An diesem Abend war sie auf eine Bahn dieser Linie aufgestiegen, bewaffnet mit einer außergewöhnlichen Zärtlichkeit und einem Lächeln, das nicht um Erlaubnis fragte.

Sie hatte Lust auf Pizza gehabt, aber dann war ihr der Hunger vergangen und die Lust auf ihn gewachsen, die Lust auf diesen heruntergekommenen Cattivotenente, der ihr einerseits etwas Angst machte und der gleichzeitig, plötzlich, zum Jungen werden konnte, der das Fenster herunterkurbelte und den Wind einfing in seiner Faust, auf Hand und Arm und Ellenbogen und Hemd und Jacke und Schultern und Nacken und in seinen Haaren und um jeden Preis versuchte, die Zeit anzuhalten, damit sie die Schönheit dieser

Göttin nicht vergeudete, ihre Gesichtszüge nicht verunstaltete, ihren Körper, ihre Füße, die Tiefe ihre Seele nicht verschrammte, ihrer Vagina unter diesen Kleidern, die er küssen essen verschlucken berühren lecken wollte, um dann auf ihr zu weinen, ohne Scham, Tränen und Körperflüssigkeiten vermischend, Fleisch und Schmerz, Lust und die Lust darauf, es hier und jetzt zu beenden, auf diesem Altar, der nichts von Priestern wußte, auf dieser Wüstenerde von windgetriebenem Sand und in dieser Oase, die für ihn keine Fata Morgana mehr war. Und falls es trotzdem eine Fata Morgana war, war es eine von den besten.

Eine Fata Morgana, die ein Stück Pizza nahm und es ihm zwischen die Lippen schob, und er, der eigentlich essen wollte, kaute nur langsam am verbrannten Rand und verlor sich in den Abend, der fast schon zur Nacht geworden und voller Studenten des Politechnikums war, und Pärchen, die sich ins Dunkel zurückzogen, Bierflaschen ringsum und Dosen und Papier und die Reste eines Tages, der lebendig pulsierend frenetisch schmerzvoll gelebt worden war von diesem Teil der Stadt, die sie geboren hatte, Brüder aus einem Uterus, die sich trotzdem vorher noch nie getroffen hatten und die unter demselben Himmel gelebt hatten, ohne zu ahnen, daß sie existierten.

Und jetzt leisteten sich die beiden Einsamkeiten Gesellschaft, und schwiegen, weil sie vorm Reden Angst hatten, sahen sich so lange an, bis es weh tat, bis es in einer Zärtlichkeit endete, mit einem Handdruck, einer Umarmung, die nichts weiter sein wollte als eine Umarmung.

Eine Umarmung, für die es kein Morgen geben würde.

Aber trotzdem schöner und bezaubernder, erotischer und verzweifelter als jeder nächste Tag.

Beide liebten das Leben und gleichzeitig flüchteten sie beide vor ihm.

Er liebte das Leben, Carmine Santojanni, das Leben und seine Stadt.

Aber gerade jetzt war er dabei, seinen letzten Tango zu tanzen. Ein verzweifelter, bezaubernder und sinnlicher Tango, und gleichzeitig ein Todestango.

Das Leben hatte ihn an den Haaren genommen und in die Abgründe der Verzweiflung und der Verwünschung geschleift, seine Stadt, arm wie sie war, hatte versucht, ihm das wenige zu rauben, was er hatte, das wenige, das aus seinen Träumen kam.

Aber sie war ärmer als er, die Stadt, arm und brasilianisch, arm und argentinisch, arm und babypulververmischtes Kokain, arm und strichninverseuchtes Heroin, arm und Bettlerin, seine Stadt.

Eine Stadt, in der die Rechnungen nie aufgingen, wo es immer einen gab, der drauf und dran war, dich reinzulegen, kaum kamst du ums Eck, ein Messerstich für eine halbleere Marlboro-Schachtel, eine Stadt, in der es immer einen gab, der Luft brauchte und imstande war, dir die Luft, die du gerade eingeatmet hattest, aus den Lungen zu saugen.

Eine Eintausendlirestadt, eine Stadt, die es verstand, ihre Kinder gegeneinander aufzuhetzen für eine Handvoll Kleingeld, vier Bonbons, zwei Pistolenkugeln.

Amaro è 'o bene, amare songhe 'e vase cà me daje.
Nun tene cielo st'amore nuoste nun tene dimane.

Bitter ist das Gute, und bitter sind die Küsse, die du mir gibst.
Es gibt keinen Himmel für unsere Liebe, es gibt kein Morgen.

Es war ein Tango, von dem Gato Barbieri nichts wußte, und die trostlosen Tischchen in dem trostlosen Ballsaal am Stadtrand von Paris wußten auch nichts davon.

Es war eine mißlungene *Cumparsita*, die von einem Blinden auf einer Ziehharmonika gespielt wurde, die Tänzer hatten zu wenig in den Magen bekommen und konnten sich kaum auf den Beinen halten.

Es war ein Tango, der zwischen spermienverdreckten und blutbeschmutzten Laken getanzt wurde, die jungen Mädchen von irgend einem Padre Padrone entjunfert, ein Tango, der nach Maccheroni und Koteletts und *polpette* roch, ein Tango, der nichts von Gardèl wußte, aber alles von den Gerüchen und den Schmerzen der Barrios von Buenos Aires.

Ein Buenos Aires, das ins Meer von Mergellina eingetaucht war, gesegnet von einem scheinheiligen San Gennaro, aufrecht erhalten von einer blinden Santa Lucia, ins Herz geschossen, ins Gesicht geschlagen, in die Beine getreten.

Er liebte das Leben und er liebte seine Stadt, der Cattivotenente. Aber jetzt tanzte er mit ihr den Todestango.

Tramonta 'a luna e nuje pe' recità l'ultima scena
restammo mane e mane senza tenè 'o curaggio 'e ce parlà.

Der Mond geht unter, und wir, um die letzte Szene zu spielen,
standen Hand in Hand ohne den Mut, miteinander zu sprechen

Die Gassen der Marina entlang, an Sant'Anna di Palazzo vorbei, wo die Quartieri Spagnoli bereits die Gerüche von Chiaia und der vornehmeren und speichelleckerischen Stadt ahnen, die Salita Stella entlang, wo die Feuchtigkeit der *bassi* bis in Tiefen der Vagine eindringt, Spalten, Grotten, Schluchten, schwarze Löcher, Erdbebenaltschäden, die kein Gerüst würde zusammenhalten können.

Ein Tango mit einem Lächeln auf den Lippen, eine Grimasse des Schmerzes, ein rascher, fürchterlicher Schmerz, der die Augen verdreht, den Kopf verbiegt, die Beine verwackelt, das Bewußtsein verlieren läßt.

Ein Tango, der auf den Hochzeitsfeiern der sechziger Jahre immer wieder getanzt wurde, als die Stadt arm aber nicht grausam war, arm aber würdevoll, arm und trotzdem fähig zu lachen.

E ride mentre me scippe 'a pietto chistu core.
Und es lacht, während er mir das Herz aus der Brust stiehlt.

Jetzt klang dieses Lachen wie Maschinengewehrfeuer, ein verwirrender Klang, kurz und schnell, ein *Smith&Wesson*-Lachen, das Lachen von Versoffenen Verdrehten Verwüsteten Verrückten Verlorenen Verurteilten.

Ein Tango, der jetzt aus der Mode war, den keiner mehr tanzen konnte, den keiner mehr tanzen wollte.

Und so tanzte er ihn also allein, diesen Todestango, er, der Cattivotenente. Gemeinsam mit dem Leben und gemeinsam mit seiner Stadt.

... e damme 'stu veleno nun aspettà dimane
cà indifferentemente si tu m'accide
nun te dico niente...

Gib mir schon dieses Gift, wart nicht auf morgen
weil ich dir, auch wenn du mich tötest
nichts sagen werde...

Nachwort

Napule, aggio scritto pe' te chesta canzone...
Für dich, Napoli, habe ich dieses Lied geschrieben...

Peppe Lanzetta, 1956 in Napoli geboren, weiß, wieso er gleich zu Beginn seines Romans diesen Klassiker zitiert. Als Autor und Schauspieler hat er sich mit Stücken wie *Napoletano pentito* (1983), *Roipnol* (1984) oder *Lenny* (1988) an seiner Stadt abgearbeitet, als Schriftsteller mit Texten wie *Figli di un Bronx minore* (1993) oder *Un messico napoletano* (1994, deutsch unter dem Titel *Roter Himmel über Napoli* 2000 bei Haymon, 2002 im Taschenbuch bei Heyne). Und es war jedesmal *amore e rabbia* mit im Spiel, Liebe und Wut.

Pasquale Buongiovanni, der Autor des oben zitierten Liedtextes, emigrierte 1920 nach Amerika und verdiente sich in New York sein Geld mehr schlecht als recht, unter anderem als Anstreicher. Eines Tages kommt eine Postkarte aus Napoli, Blick auf Stadt und Golf, krakelige Grüße von der Mutter. Das Heimweh überkommt Buongiovanni, er schreibt ein Gedicht, das von Anfang an als Liedtext gedacht war: *Napule, aggio scritto pe' te chesta canzone...* Wenige Tage später hat er den Auftrag, eine Küche zu streichen. Und nimmt den Text mit, weil er weiß, daß der Mieter, Giuseppe De Luca, als Musiker für den Musikverlag »Pennino« (der dem Großvater von Francis Ford Coppola gehört) arbeitet. Der Maestro wirft einen Blick auf den Text und sagt: Bravo! Continua 'a pittà, pecchè quanno è fernuto 'e faticà, te faccio sentì 'a musica! Sehr gut. Mach weiter mit dem Anstreichen, und wenn du mit der Arbeit fertig bist, laß ich dich die Musik dazu hören.

Das scheint, bis auf das Wiedmungshafte der zitierten Zeile, nichts als eine der klassischen amerikanischen Erfolgsgeschichten zu sein, und deswegen, vom Alten Kontinent und schon gar von Napoli aus gesehen, weit eher gut erfunden als wahr. Und meilenweit entfernt von Peppe Lanzettas Roman.

Wäre da nicht auch noch folgende Strophe:

E soffro mille spáseme
'ncore tengo na spina
quanno cunfronto 'America
cu chesta cartulina!

*Und ich leide tausend Qualen
ein Dorn drückt mir ins Herz
wenn ich Amerika
mit dieser Postkarte vergleiche.*

Er sehnt sich zurück nach Napoli, der dichtende Anstreicher.

Es ist ein knappes Jahrhundert vergangen, seit Hunderttausende aus dem Hafen von Napoli aufgebrochen sind auf überfüllten Ozeandampfern, auf der Suche nach einem Leben, das zu leben sich lohnt, in der verzweifelten Hoffnung, irgendwo, in einem dieser Amerikas, Zukunft und Arbeit und Essen und Lohn zu finden und vielleicht noch dieses kleine ungewisse Etwas mehr.

Daß ihre Enkel jetzt aus Argentinien wieder nach Italien flüchten und in den Industrieregionen der Poebene ihr Barackendasein fristen, froh um den halblegalen, halbbezahlten Arbeitsplatz, ist nichts als eine Volte der Geschichte. Und es kommt einem die Klage eines afroamerikanischen Argentiniers in den Sinn, aus einem frühen Tango, über die italienischen Habenichtse, die ihm das Schuhputzergeschäft streitig machen, weil die weißen Herren sich lieber von ihresgleichen bedienen lassen. Der Lega-regierte italienische Nordosten schätzt an seinen italo-argentinischen Hilfsarbeitern vor allem, daß sie nicht aus dem Maghreb kommen.

E soffro mille spáseme / 'ncore tengo na spina / quanno cunfronto 'America / cu chesta cartulina!
 Die Sehnsucht des Pasquale Buongiovanni hat sich längst umgekehrt.

Die Figuren in Peppe Lanzettas Roman sitzen in Napoli fest, selbst die kleinen rituellen Ausflüge ans Meer mißlingen, und Rimini, die Stadt der Discotheken, ist unerreichbar.

Aus der Sehnsucht des Pasquale Buongiovanni ist die Sehnsucht des Cattivotenente geworden.

Wie gefangen in den Eingeweiden der Stadt umherirrend, träumt Lanzettas Romanpersonal von einem fernen Amerika, eines, an dem keine Ozeandampfer anlegen, und träumt es sich in Haus und Kopf.

Das Amerika des Kinos und des Pop.

Rebel Without A Cause, Midnight Cowboy, Carlitos Way, American Graffiti, Once Upon A Time In America, The Bad Lieutenant. Nicolas Ray, John Schlesinger, Brian de Palma, Francis Ford Coppola, Abel Ferrara. James Dean, Nathalie Wood, Jon Voigt, Dustin Hoffman, Lana Turner, Rita Hayworth, Harvey Keitel. Und, auch das gehört zu diesem »Amerika«: Brigitte Bardot, Alain Delon, Yves Montand, Jean Paul Belmondo, François Truffaut.

Nirwana, The Platters, Julio Iglesias, The Beach Boys, Madonna, Red Hot Chili Peppers, Natalie Imbruglia. Und Fado und Tango, Amália da Piedade Rebordão Rodrigues, Gato Barbieri, Carlos Gardèl.

Peppe Lanzetta, der Songtexte für Pino Daniele, Eduardo Bennato und James Senese geschrieben und in Filmen von Tornatore, Cavani, Loy und Piscitelli gespielt hat, kennt die Mythen unserer Zeit. Und vor allem kennt er seine Stadt, nicht zuletzt den Teil der Stadt, der auf den Postkarten keinen Platz hat.

Lanzettas Roman weiß von der Verzweiflung und der Sehnsucht, der Liebe, der Wut und dem Haß seiner Figuren, die sich die Namen Bruce Willis, Robert De Niro, Sharon Stone, Eva Kant, Amanda Lear, Demi Moore oder Annie Girardot wie Mäntel umgehängt haben, manchmal etwas nachlässig und eilig, manchmal, als ob sie im Vorübergehen an den falschen geraten wären. Und so laufen sie in geliehenen Leben wie in geklauten Mänteln durch eine ihnen von Mal zu Mal fremder werdende Stadt; immer in der Sorge, man werde ihnen »Haltet den Dieb!« hinterherrufen, oder, schlimmer noch: »Du hast dir keine Sehnsucht zu leisten!«

Und Napoli, die Stadt der Emigranten, die für Lanzettas Figuren längst zu einer Stadt der unruhig Festsitzenden geworden ist, erlebt auch, wie afrikanische und asiatische Migranten in ihr auf- und untertauchen, rechtelos, heimatlos, hoffnungslos.

Sie sind auf derselben verzweifelten Jagd nach dem Geld wie Carmine Santojanni, der sich Cattivotenente nennt.

Und so beginnt dieser Roman mit einem furios verwickelten Tanz um Schuld und Sühne, Schulden und Zinsen, Schecks und Zahlungsterminen. Man glaubt sich um Jahre zurückversetzt (wäre da nicht diese Zeitungsmeldung heute früh gewesen, die für eine Kleinstadt im prosperierenden Norden Italiens exakt dieselben Wuchermethoden beschreibt), denn in unseren Zeiten des Plastikgeldes und des *online banking* scheint das Hantieren mit vordatierten und rückgetauschten Schecks aus einer Welt von gestern, und ist doch nichts als ein Teil der Spielregeln einer immer noch existierenden parallelen Geschäftswelt, auf die in Italien und da vor allem im Süden – immer noch der zurückgreift, der auf legale Weise zu keinem Geld mehr kommt.

Zu jenem Geld, von dem man behauptet, es könne alle Sehnsüchte stillen. Was nur solange wahr ist, wie man keine hat.

Zitate von Gedicht- und Liedtexten

S. 5   *Die Tränen / die ihr aus unseren Augen...*
Alexandros Panagulis (1939-1976), notiert (nach seinem mißglückten Attentat auf den griechischen Obristenchef Georgios Papadopoulos) zu dem Gedicht: *Kerker von Boiati, Februar 1972, Isolationshaft*.

S. 17   *Napule aggio scritto pe' te chesta canzone...*
Aus dem Klassiker der neapolitanischen Canzoni *A cartulina 'e Napule*, Text Pasquale Buongiovanni, Musik Giuseppe de Luca, berühmt geworden in der Interpretation der »großen« (so Lanzetta) Gilda Mignonette.

S. 21   *Famme addurmì n'ata notte abbracciato cù te...*
Aus *Maria Marì*, Text Vincenzo di Russo, Musik Eduardo di Capua, 1899 erstmals von Francesco Albanese gesungen.

S. 22   *'Stu vico niro nun fernesce maje...*
Aus *Carmela*, Text Salvatore Palomba, Musik Sergio Bruni, 1976.

S. 55   *Oggi so' tanto allero cà quase quase me mettesse a chiagnere...*
Aus *'O paese d'' o sole*, Text Libero Bovio, Musik Vincenzo D'Annibale, 1925

S. 59   *... voce 'e notte te scete 'nda nuttata ... ooè ... ooè ...*
Aus »Voce e notte«, Text Eduardo de Curtis, Musik E. Nicolardi, 1904

S. 59   *Partono 'e bastimenti pe' terre assaje luntane...*
Aus einem der neapoletanischen Klassiker *Santa Lucia luntano 'a te*, Text und Melodie E. A. Mario, 1919

S. 72   *Amaro è 'o core pecchè nun sape...*
Aus *Amaro è 'o bbene*, Text S. Palomba, Musik S. Bruni, 1980

S. 92   *Ah ... 'sta musica, l'unica vita cà nun po' fernì...*
Aus: *'sta musica*, Enzo Gragnaniello, 1990

S. 109   *Terra mia, terra mia, comme è bello a la penzà...*
Aus *Terra mia*, Pino Daniele (T./M.) auf der LP *Terra mia*, 1977

S. 162   *Je me vurria addurmì vicino 'o sciato tuoje...*
Aus: *'i te vurria vasá*, Text V. Russo, Musik E. Di Capua, 1900

S. 179 *Ciucculatina da' ferrovia / Marlboro 'e contrabando…*
Aus: *Ciucculatina da' ferrovia*, Nino D'Angelo, A. Venosa, F. Narretti, 1982

S. 180 *Vierno che frieddo 'nda 'stu core…*
Aus: *Vierno*, Text Armando de Gregorio, Musik Vincenzo Acampora

S. 182 *Amaro è 'o bene, amare songhe 'e vase cà me daje…*
Aus *Amaro è 'o bbene*, Text S. Palomba, Musik S. Bruni, 1980

S. 183 *Tramonta 'a luna e nuje pe' recità l'ultima scena…*
Aus: *Indifferentemente*, Text Umberto Martucci, Musik Salvatore Mazzocco, 1963 von Mario Trevi erstmals gesungen.

S. 183 *E ride mentre me scippe 'a pietto chistu core…*
Aus: *Indifferentemente*, s. o.

S. 184 *… e damme 'stu veleno nun aspettà dimane…*
Aus: *Indifferentemente*, s. o.

Peppe Lanzetta im Haymon-Verlag

ROTER HIMMEL ÜBER NAPOLI

Roman
Aus dem Italienischen von Kurt Lanthaler

13 x 21 cm, Hardcover mit Schutzumschlag, 160 Seiten
ISBN 3-85218-277-8

Wie sein gesamtes Schaffen widmet der vielseitige italienische Künstler Peppe Lanzetta auch diesen Thriller den Unterprivilegierten in den Massenquartieren der süditalienischen Großstadt, deren Alltag vom harten Überlebenskampf gezeichnet ist und vom Wunsch, auszubrechen aus Elend und kleinbürgerlichem Stumpfsinn, aus der Welt der Camorra und ihrer Handlanger.
Zu ihnen gehört La Rossa. Inmitten der Trostlosigkeit lernt sie die Liebe kennen, doch ihr Freund verfällt dem Rauschgift. Als er tot aufgefunden wird, sucht sie nach den Mördern, kommt mit dem »Boß« in Kontakt und schmiedet verzweifelte Rachepläne.

»Peppe Lanzettas sozialkritischer Krimi gehört zu den wichtigsten Neuerscheinungen dieses Jahres...«
(Ulrich Deurer, amazon.de)

»Der Autor zeichnet ein pulsierendes Bild von Napoli, wo der Westen sich mit Orient und Afrika zu vermischen beginnt.« *(Rudolf Kraus, Neue Wiener Bücherbriefe)*

»Lanzettas scharfe Beobachtung ist unterschnitten mit einer speziellen Art von Wordrap-Poesie, die dank der hervorragenden Übersetzung von Kurt Lanthaler auch in der deutschsprachigen Version zum Tragen kommt.«
(Sylvia Treudl, Buchkultur)

Kurt Lanthaler im Haymon-Verlag

Die ersten vier Tschonnie-Tschenett-Romane (*Der Tote im Fels, Grobes Foul, Herzsprung, Azzurro*) sind in der Originalausgabe vergriffen und nur mehr im Taschenbuch bei Diogenes lieferbar.
Seit Herbst 2002 gibt es den fünften Band:

NAPULE

Ein Tschonnie-Tschenett-Roman

*13 x 21 cm, Hardcover mit Schutzumschlag, 224 Seiten,
ISBN 3-85218-401-0*

Diesmal ist der Ex-Matrose und Ex-Lastwagenfahrer in Neapel geheimnisvollen Verbindungen zwischen Politik, Verbrechen und den sogenannten Magiern auf der Spur.

»*Napule* ist weit davon entfernt ein bloßer Krimi zu sein, es handelt sich vielmehr um eine ethnologische Erkundung, durchgeführt von einem Vagabunden, der schon alles erlebt hat.« *(Der Standard, Ingeborg Sperl)*

»Es ist der bislang beste Tschenett, nicht nur, weil sich der Held langsam emanzipiert von seinen Jünglingstorheiten, sondern weil Lanthaler zu einer neuen, spannenden Sprache gefunden hat, die hoffentlich zu weiteren Taten führt.
Eine Empfehlung mit Nachdruck!«
(Horst Steinfelt, Buchkultur)

»Ein stilistisch perfekt geschriebener Roman, gespickt mit beißenden Kommentaren zur italienischen Innenpolitik. Der eigentliche Fall steht im Hintergrund, was zählt ist Napule mit seinen Geschichten. Besser als Lanthaler kann sie wohl kein deutschsprachiger Autor erzählen.« *(Andreas Hauser, ECHO)*

Romane aus Italien im Haymon-Verlag

Davide Ferrario

RÖMISCHES MASKENSPIEL

Roman
Aus dem Italienischen von Mosche Kahn

13 x 21 cm, Hardcover mit Schutzumschlag, 432 Seiten
ISBN 3-85218-357-X

Krimi, Liebesroman, Polit-Thriller und ein Stück Filmgeschichte mischt der italienische Drehbuchautor und Regisseur Davide Ferrario in seinem Roman mit authentischem Hintergrund auf virtuose Weise: 1947 filmt Orson Welles in Rom. Als ein Komparse in seinen Armen stirbt, beginnt für ihn ein immer bedrohlicher werdendes Abenteuer. Er lernt Faschisten, Kommunisten und korrupte Kleriker kennen, bekommt es mit Mafiabossen und CIA-Agenten zu tun, fährt, um das Geheimnis des Toten zu lüften, nach Venedig und – verliebt sich in eine faszinierende Frau.

»… ein großer Wurf, vielschichtig, glänzend recherchiert und spannend erzählt.« *(Christina Rademacher, Göttinger Tageblatt)*

»Krimi und Hintergrundreportage in einem…, so spannend kann Zeitgeschichte sein.« *(Walter Titz, Kleine Zeitung)*

»Ein Stoff, der für mehrere Romane ausreichte, verdichtet, eingeschmolzen zu einer höheren Wahrheit, bruchlos, oft bitter, spannend bis zum Schluß.«
(Ingeborg Sperl, Der Standard)

»Rundum gelungener historischer Thriller, der den Vergleich mit den besten Büchern von Le Carré oder Forsyth locker standhält.« *(Alfred Ohswald, buchkritik.at)*